舌を絡め零れる唾液を飲み干し、そして自ら体を開いて大澤の愛撫を待つ。
それだけの行為で、体が内側から熱くなってくる。
（本文より抜粋）

DARIA BUNKO

ラブ フライング

ふゆの仁子

illustration ※タカツキノボル

イラストレーション＊タカツキノボル

CONTENTS

航空用語一覧-1

・キャビン…客室

・クルー…乗務員

・キャビンアテンダント(ＣＡ)…客室乗務員

・ディスパッチャー…運航管理者。定期航空運送を行う航空会社で運航管理を担当する。飛行機が安全かつ効率的に飛行できるフライトプランを作成し、飛行中は密接な連絡をとり、必要な情報を送って運航の監視を行う。

※フライトプラン：離陸から着陸まで、飛行機がどのように飛行するかを決めたもの。安全性・快適性はもちろん、スケジュールどおりに経済性の高い運航が行えることを目的として作成される。

■航空大学…正式名称は航空大学校。昭和２９年に運輸省(当時)の付属機関として設立されたパイロットの養成学校。全寮制で、2年間にわたってパイロットに必要な厳しい講習を受けフライト訓練を行う。

■自社養成…各航空会社が４年制大学または大学院の新卒者を対象に試験を行い、それぞれの航空会社のプログラムによって、パイロットを養成する。採用試験は一度しか受験できず、競争率が高い難関。

■ＰＦ…パイロット・フライング。パイロットの役割分担のことで、その時点で操縦を担当しているパイロットをいう。

■ＰＮＦ…パイロット・ノット・フライング。操縦を行っていないパイロットのこと。主に航空管制官と通信などを担当する。

■グランドハンドリング…空港地上支援業務。飛行機の運航に必要な、地上で行われる様々な業務のこと。業務内容には、旅客荷物の搭載、機内の清掃・セッティング、機体の誘導などがある。

※マーシャリング：グランドハンドリングの一つ。空港に着陸した航空機を、スポットまで誘導すること。機体を誘導する人をマーシャラーと呼ぶ。

航空用語一覧-2

■ブリーフィング…打ち合わせのこと。例として以下のようなものがある。

※ディスパッチ・ブリーフィング:コックピットクルーとディスパッチャーによるブリーフィング。フライトプランをもとに航路上や目的地の気象状況を説明し、所要時間、搭載燃料、高度などを打ち合わせる。

※合同ブリーフィング:コックピットクルーとキャビンアテンダントが合同で行うブリーフィング。航路上の天候がキャビンサービスにどのように影響するかなどを含めた最終的な打ち合わせを行う。

※デブリーフィング:目的地に到着したあと、反省会の意味を含め、次の飛行に役立てるために行う打ち合わせ。

■ゴーアラウンド…着陸体勢の飛行機が、滑走路に障害物を発見したなどの理由で、着陸を中止し再び上昇すること。

■ミスドアプローチ…航空機が着陸のために進入降下した際、気象条件等の理由で、滑走路が目視できない場合、上昇・待機して天候の回復を待つこと。

■OJT…On the Job Training(職場内訓練)。

■パッセンジャーボーディングブリッジ(PBB)…ターミナルと航空機の搭乗口の間を結ぶ可動式の通路。

■シックスマンスチェック…6か月ごとに行われる、機長の定期技能審査のこと。身体検査や書面審査、知識検査、さらにシミュレーターを用いての技能検査など、多岐に亘って総合的に機長としての資格をチェックする。

参考文献

「旅客機操縦マニュアル」「サクセスシリーズ7 エアライン・パイロットになる本」
「サクセスシリーズ6 航空管制官になる本」「航空知識のABC」
「月刊エアライン誌」(イカロス出版)

「航空管制入門」(財団法人航空交通管制協会)

「パイロットになるには」(ぺりかん社)

「改訂新版 航空実用辞典」(朝日ソノラマ)

この作品はフィクションです。
実在の人物・団体・事件などに一切関係ありません。

ラブ フライング

1

東急東横線《とうきゅうとうよこ》の駅である代官山に位置する、地上一五階の超高級マンションの最上階の窓からは、ライトアップされて鮮やかに彩《いろど》られた都会の空が一望《いちぼう》できる。

白い薄手《うすで》のカーテンの隙間《すきま》から見える遠い空には、星とは違う小さな明かりが点滅していた。

贅沢《ぜいたく》な夜景が見下ろせる部屋の主である男は、着心地の良い柔らかいリネンのバスローブに体を包んでいる。腰の辺りで軽く紐《ひも》で結んだだけの状態のため、大きくはだけられた胸元からは、鍛《きた》えられた腹筋が覗《のぞ》いていた。

オーダーで入れたボルドーカラーのサイドボードから、スクエアタイプのウィスキーのボトルとグラスをふたつ取り出すと、男はその点滅する明かりを見上げた。

「こんな時間に仕事をしている奴は哀《あわ》れだな」

揶揄《やゆ》を含《ふく》んだ言葉を紡《つむ》ぐ低音は、語尾が掠《かす》れる。それがやけに艶《つや》っぽい。

色素が薄いため照明の加減で金色に光る、普段はきっちりセットされている前髪が、今は微《かす》かに水分を含み額《ひたい》を軽く覆《おお》っていた。たったそれだけで男の印象を柔らかく、実際の年齢よりも若く見せる。

「何を他人事みたいに言っているんですか」

ソファに上半身を預《あず》けてその男を眺《なが》めていた野城高久《やしろたかひさ》は、グラスの中のアルコールを軽く口に含む。自分の方へ向かってゆっくり歩いてくる男に笑いかける。

「人のことは言えませんよ。大澤《おおさわ》さんだって、この時間に操縦桿《そうじゅうかん》を握《にぎ》って空を飛んでいること、多いんですから」

「確かにそうだ。だが今この瞬間、俺はオフで、こうして恋人である高久とゆっくり愛を確認する時間を持っている。そんな幸せな我々と比《くら》べたら、夜の闇の中で見えない航空路を飛んでいる奴等《やつら》は哀れだ。そう思わないか?」

「それはそうですけど」

気障《きざ》な台詞《せりふ》を真顔で吐《は》くことのできる男は、大澤健吾《けんご》と言う。

彫《ほ》りの深い顔立ちで、長い睫毛《まつげ》に綺麗な形の濃い眉《まゆ》を持ち、その下にある瞳は明るい茶色に彩られている。唇は薄く、顎《あご》のラインはしっかりとしていて、口元に作られる笑みは実に凛々《りり》しい。

二枚目と言われる俳優よりも端整な顔に、一八三センチの長身、均整の取れた八頭身という見事なまでのプロポーションの持ち主は、今年三五歳になった。

昨年、アメリカの航空会社であるユニバーサルエアラインから、天才的と称《しょう》される技術を買われ、国内シェア二位の日本スターエアラインに引き抜かれてきた。

現在はその日本スターエアラインでパイロットスーツの肩章《けんしょう》と袖《そで》に四本の線を持つ機長と

して、アメリカ最大の航空機メーカー・ダーイングが誇《ほこ》る七四七－四〇〇、一般には「ジャンボ」、航空業界においてはダッシュ四〇〇と呼ばれる大型旅客機《りょかくき》を操縦している。

年明け早々に国際線を主に担当することになり、成田《なりた》空港がベースとなり、海外の空を飛び回っている。

その男から、甘い告白をされている野城もまた、同じ日《にち》スタのパイロットである。

四年制大学卒業後、日スタのパイロットの自社養成システムに応募し、高い倍率を乗り越えて訓練生として入社した。その後二年に及ぶ国内外における厳しい訓練を経《へ》て、晴れて副操縦士の資格を取得した。パイロットスーツの袖には、その証明である金色の線が三本ついている。

大澤よりも五センチ以上低い身長に、体つきも全体的に華奢《きゃしゃ》だ。

野城の容姿を形容すると、一言「綺麗」だ。通常女性に使う形容詞ではあるが、それでいてなお、「綺麗」という言葉が相応《ふさわ》しい。

輪郭《りんかく》は滑《なめ》らかな流線形で描かれており、顎は鋭角《えいかく》的で細い。鼻筋は通っているが鼻はどちらかというと少し上向き加減で、子どもの持つ愛敬を醸《かも》し出している。瞳はくっきりした二重で黒目は大きく、目の上はアイライナーで描いたようにはっきりしているため、知らない人にはきつい印象を与えるらしい。

「見つめていると吸い込まれそうなほどに透明感があるが、ふとした瞬間に男を誘う淫《みだ》らな部分がある」とその瞳を見て大澤は囁《ささや》く。

「唇の下にある小さなホクロが、その雰囲気を倍増する」

勝手なことを思い入れたっぷりに言いながら、長くて綺麗な指でホクロを指差してから、唇にキスをしかけてくる。

「ありがとうございます」

しかし野城は、そのキスに素《そ》っ気《け》無い応答をする。

「不服そうだな。高久は俺と一緒にいて、楽しくないのか？」

大澤はグラスにウィスキーをストレートで注ぎ、大きな右の手に、ふたつグラスを持った。それからソファと半《なか》ば同化しかかっている野城の頭を持ち上げ、その場所に腰を下ろした。

「高久は冷たい」

「大澤さん」

「俺は高久とこうして過ごすわずかな時間のために、日々の仕事をこなしている。それなのにお前は、せっかく会えても俺を名前で呼んでくれないどころか、冷めた態度をとる」

大澤は自分の膝《ひざ》にある野城の顔を真上から見つめる。大澤は朗々《ろうろう》と先の言葉を続ける。

他の人間が言ったら嫌がらせや冗談にしか聞こえないような仰々《ぎょうぎょう》しい台詞でも、完璧な男の口から発せられると、音もイントネーションも、そしてため息すら殺し文句に変わる。

大澤はグラスをテーブルに戻し、つれない態度を見せる恋人の額を冷えた指先でそっと撫《な》でる。さらに眉のラインに添《そ》って動かし、目尻を通ってほんのりと赤く染《そ》まっている頬《ほお》に触れる。

楕円形《だえん》の爪の生えた大澤の綺麗な指には、何もかも包み込む大きさと逞《たくま》しさがある。仕事の際に使用するときにつける白い手袋は、手の美しさを際立《きわだ》たせるには抜群のアイテムだ。

「高久……」

語尾の掠れる声が、野城の名前を艶めかしい発音に変える。他の誰が呼んでも、これほどまでに優しくは聞こえてはこない。野城はその声の響きに酔いながら、次第に迫ってくる大澤の顔を、じっと見つめる。

さらに吐息が近づき、焦点《しょうてん》の合わなくなる野城の視界から大澤の顔が消えた次の瞬間、アルコールの香りのする柔らかい唇が、野城の唇に重なる。生き物のように意思を持って動く男の舌は、唇を割り口腔《こうこう》を自由に蠢《うごめ》き、歯の裏を突つき顎を撫でた。

「さっき、シャワーを浴びたばかりなのに……」

「そのとおりだ。汚れた部分は全部俺が洗ってやった。風呂場でもう一度高久のことを抱きたかったが、ここではどうしても嫌だと言うから、仕方なく従《したが》ってやった。しかし、場所が違えば構わないはずだ」

キスの合間に呟《つぶや》かれる恨《うら》めしげな言葉すら自分の良いように解釈した大澤は、バスローブの胸の間から手を差し入れてきた。

「大澤さん……っ」

野城の濡《ぬ》れた唇を撫でながら、胸の突起《とっき》を上から強く押しつけてくる。ほんの一時間ほど前、寝室で散々《さんざん》いたぶられ高められていた体だ。僅《わず》かな刺激でもその記憶が蘇《よみが》り、触れられていない場所までもが、再びの快感を求めてざわめき出す。

「そ、れ……」

「これが気持ち良いのか?」

野城の言葉に、すぐ大澤は確認してくる。

「少し胸に触れただけなのに、もう、こんなに反応している。さっきあれだけ達《い》ったのに、まだ足《た》りないようだな」

「違……っ」

「高久。お前は本当に可愛くて、優秀で教え甲斐《がい》のある生徒だ。俺の教えたとおり、何もかもを吸収して、肌で記憶し、自分でもわからないぐらいに熱くなっていく。気をつけていないと俺も高久の熱に溶かされてしまいそうなぐらいだ」

大澤は淀《よど》みない甘い言葉で野城の敏感な体を称《たた》え、胸を愛撫《あいぶ》していた手を一旦《いったん》そこから抜いた。しどけなく開いている足の間に手を潜《もぐ》らせ、露《あらわ》になっている下半身に直接触れてきた。

「健吾さんっ!」

微かに伸びた爪をそこに立てられて、野城の全身に鳥肌が生じる。

ポイントをついた突然の刺激に、それまで萎《な》えていた野城のものが、堪《たま》らずに頭をもたげる。

あまりにあからさまな反応を恥じて慌《あわ》てて足を閉じようとした。だが一瞬遅く、かえって大澤の手を挟《はさ》み込み、その感触を強く感じるだけになる。

「ああ……っ」

「恥ずかしいのか？　先ほどまで見せていた大胆《だいたん》さは、どこへ隠してしまったのかな？」

耳まで赤く染め、全身で恥じらう野城の反応を楽しむように、大澤は耳朶《じだ》を軽く嘗《な》めながら、熱い吐息を吹きかける。スポンジのように、ありとあらゆる反応を水分のように快感に変えて吸い込んでいく野城の体は、その刺激にも全身を震《ふる》わせて腰を浮かす。

「お前はさっきもやめようと言いながら、俺を深くまで銜《くわ》え込んで離さず、最後の一滴まで絞《しぼ》り取っていた。まだ足りない。もっと甘く切ない声でせがんだことを、忘れたとでも言うのか？」

「それは……っ」

違う。そんな自分は知らないと否定したくても、大澤の言葉はすべて事実だ。恥ずかしくて逃げてしまいたいほどの行為も、すべて自分が行った。

「この中にはまだ、俺のものが残っている」

大澤はふっと唇の端《はし》に微笑《ほほえ》みを浮かべ、野城の腰の奥に指を伸ばし、双丘《そうきゅう》の間に埋《うず》もれている小さな窪《くぼ》みを軽く刺激してくる。

僅かな刺激でこれまでの行為を思い起こして、野城は思い切り、喉《のど》を反《そ》り返らせる。

昨日の昼、六本木にある日スタ系列のホテル内のレストランで待ち合わせをした。

会うことを約束しても、実際に会えるか否《いな》かは互いの仕事の都合による。つまり本当に会えるか否か、当日になるまではっきりしない。だからホテルで互いの姿を見たとき、なんとも言えない喜びが胸に溢《あふ》れてきた。

すぐにでも抱き合いたい。その衝動を堪《こら》え、どちらもポーカーフェイスを繕《つくろ》い、仕事の話をしながら腹ごしらえを済ませる。それから数時間後、大澤の運転するネイビーブルーのＢＭＷで、彼の住む代官山のマンション、つまり今二人がいる場所まで移動した。

部屋で再び口直しの意味を含めて上質のイタリアワインの赤を開け、アルコールが少しずつ二人の間にある距離を縮《ちぢ》めていく。

互いのことを常に心の中で想い続けていても、実際に会えるのは一か月半ぶりだ。

元々野城は、酒にさほど強くなく、おまけに見事なまでに酔ってしまう。素面《しらふ》の状態では他人に対するガードが固くストイックな分、酔ったときとのギャップが実に激しい。

きついと言われる野城の大きな二重の瞳は、酒で潤《うる》み、憂《うれ》いを帯《お》びた甘えた視線が無意識に媚《こ》びを売るようになる。昼は血液の循環《じゅんかん》が良くなることでさらに赤みを帯び、中途半端に開いた口の中では舌が淫微《いんび》な動きを見せる。

アルコールの作用で心のガードが剝《は》がれ、他人とのスキンシップを好むようになる。自分から相手の体に擦《す》り寄り、誰彼構《かま》わず腕を組んでしまう。体にしなだれかかり、甘えた仕種《しぐさ》をする。呂律《ろれつ》が回らない言葉にも甘えが生まれる。どこで覚えたのか、当然のことながら野城には記憶はないが、本能でそれを知っているのかもしれない。

そして極めつけに、積極的な台詞が口をつく。

『キスしたい』

野城は大澤の首にしなやかに腕を巻きつけ、実際にキスをねだる。

大澤はこの酒癖《さけぐせ》を、日スタに引き抜かれた直後に行われた最初の歓迎会の場所で知った。

プライドという仮面を、酒を飲むことで自ら取り除いていく。男を煽《あお》り、挑発するその仕種に驚きながら喜びと征服欲を覚え、大澤はその日、野城を抱いた。

男はおろか女さえ知らない無垢《むく》な体を、自らの手で調教し、そしていたぶりながらも溺《おぼ》れさせていくのは、恋愛のすべてを知り尽くしたはずの大澤に不思議な快感をもたらした。

あれからほぼ一年の月日が流れながら、野城からはもどかしいまでの初々《ういうい》しさが抜けない。何度キスしても何度セックスしても、野城は野城のままなのだ。

以前に比べれば多少酒には強くなった。でも相変わらずな酔っ払い方をするし、完全にセックスに慣れてもいない。

もちろん大澤を受け入れて快感を覚える術《すべ》を心得《こころえ》、足らないときには自分から求め挑発することもある。だが根本の性格までは変わらないためか素面の状態で大澤に言葉で体の変化を口にされ、抱かれると、激しい羞恥《しゅうち》に涙を浮かべる。

最初のセックスは自分から誘いベッドで気が遠くなるほど抱き合っておきながら、いざ酔いが覚めてしまうと、盛り上がっていた気持ちが消え、気持ちはゼロに戻ってしまう。だから何度抱いても彼の体はすぐには開かない。強い愛撫を加えていくことで、微妙に反応し内側からどろどろ蕩《とろ》け出す。そんな体の変化に、野城の理性は置いてきぼりを食らうのだ。

「我慢しなくてもいい。俺しか聞いていない。だから声を上げなさい。もっとよがって、もっと声を出して、俺以外の何もかもがわからなくなってしまえばいい」

「……」

ソファの上で大きく足を広げられ、そこで囁かれる言葉に、野城は無言のまま首を左右に振る。狭《せま》い場所が指でいっぱいに押し広げられているのがわかり、全身から火が出そうなほどの羞恥を味わっていた。

もう無理だ。恥ずかしすぎる。頭ではそう思っていても、一度治まった火種《ひだね》が、再び野城の中で燃え始めている。逃げ出したいような、もっと欲しいような、心の中でふたつの感覚がせめぎ合い、最後には同じ言葉を紡いでしまう。

「健吾さん、お願いですから……もう……」

苦しさと恥ずかしさゆえに目をきつく閉じ、震える声で哀願《あいがん》する。大澤が欲しい、と。

大澤は目尻から零《こぼ》れ落ちる涙を指先で拭《ぬぐ》い、蕩けそうな瞳で野城を見つめる。

「泣くほどに苦しいなら、最初からもっと正直になればいいだろう。明日の朝別れたら、次に会えるのは二か月後だ。それまでの間、互いの体に触れるどころか、顔を見ることさえほとんどかなわなくなる。一人寝の寂《さび》しい夜に堪《た》えられずに、誰かの温《ぬく》もりを求めたい衝動に駆《か》られるかもしれない」

「そんなこと、ありません」

思いもかけない言葉を吐かれ、野城は閉じていた目を見開き、自分に覆い被《かぶ》さっている男の顔を凝視《ぎょうし》する。

大澤が自分以外の誰かの温もりを求めることなどないと思いながら、野城はそれを完全に否定しきれなかった。

大澤はただでさえ非常にもてる。

容姿や経歴の完璧さはもちろんのこと、初めて出会ったとき、ベッドの中での見事なまでのテクニックで野城を翻弄《ほんろう》し、天国にも地獄にも自在に導《みちび》くことができたそんな男が、ほんの僅かな時間でも放っておかれるわけがない。

野城と関係を持つ前も、大澤の周りは常に派手だったようだ。決まった相手はいなくても、誰かが必ずそばにいる。しかし束縛《そくばく》されることを好まず、束縛することも拒《こば》む。自由で大胆な恋愛を好み、それを許されてもいた。

大澤を信用していないわけではない。けれどそんな大澤を知っているから、自分に対する自信のなさに心が激しく揺り動かされてしまう。無意識に体に震えが走り、奥歯ががちがち音を立ててしまう。

今大澤が目の前にいることさえ信じられない。襲ってくる不安から逃れたくて、野城は必死に大澤の腕を摑《つか》む。指先に力を込め、溢れ出る言葉にできないほどの想いをそこに込める。

「嫌、だ……っ」

「何が嫌なんだ？」

溶けてしまいそうな理性を堪え、素直な気持ちを訴《うった》える。

「貴方《あなた》が俺以外の誰かを抱くなんて、嫌だ。他の人と……俺以外の誰かを抱かないでください。キスしないでください」

自分以外の誰かを大澤が抱く姿など、想像もできない。言葉にするだけでも胸が苦しくなる。

「当たり前だ」

野城の真摯《しんし》な言葉を大澤は真顔で受け入れ、柔らかい髪を優しく撫でる。

「愛しているのは、高久だけだ。これだけお前を愛している俺が、他の誰かとセックスすることなど、あるはずがない」

腰に添えられていた指が、ゆっくりと妖《あや》しい動きを始める。

入り口を襞《ひだ》に沿ってぐるりと撫で、爪で弾《はじ》き、そろりと中へと挿入《そうにゅう》させてくる。

「ん……っ」

野城が息を呑《の》むのを確認して、大澤は言葉を続ける。

「それから、高久が他の誰かに抱かれることも、考えられないし許せない」

激しい言葉に大澤の瞳からは慈《いつく》しみの光が消え、獲物を見つめる狼《おおかみ》のものに変わる。

「万が一にも、ここが他の男を咥《くわ》えて喘《あえ》いだことを知ったら、俺は嫉妬に我を忘れ、相手を八つ裂きにしたあとでお前を殺して、自分も死ぬだろう」

「あっ……健吾さんっ」

指が強い力でもって内側に入り込み、熱い部分を直《じか》に探《さぐ》っていく。

野城は自分をいたぶる男の背中に必死にしがみつく。

「高久が思う以上に、俺は高久のことを愛している。高久が他人に嫉妬する以上に、俺は高久を見つめるすべての人間に嫉妬している。それこそ高久の周囲にいる人間すべてを殺しても構わないぐらいだ。俺だけのものにしたい。俺がそう思っていることを、絶対に忘れるな」

大澤は野城の内部の弱い場所を的確に探り当て、乱雑にそこを引っ掻《か》いた。

完全に快感に目覚めた野城の体はそれだけの刺激では我慢できず、大澤自身に貫《つらぬ》かれることを望んだ。

肩を掴んでいた腕を首にしっかりと巻きつけ、ソファの上に立てた膝を左右に大きく開き、大澤が動きやすいような姿勢を無意識に取る。そして誘うように軽く腰を浮かせ、大澤が欲しいと、行為で直接訴える。

二人がこうして会って過ごせる時間は、一月に一度あるかないかだ。国際線を飛び成田ベースで仕事をする大澤と、国内線を飛び羽田《はねだ》をベースとする野城では、勤務地も違っている。哀しかろうと悔《くや》しかろうと、それはやむを得ないことだった。

おまけに薄情《はくじょう》と言われるかもしれないが、会えない時間のすべて、大澤のことだけを考えているわけではない。自分のすべてで大澤を愛していても、世界が大澤だけで構築されてはいないように。

でも、ふとした瞬間に彼の温もりを思い出して、どうしようもなく切なくなる。

大澤恋しさゆえ、温もりを探し、匂いを探す。

愛されているとわかっていても、その寂しさを拭ってくれる術はない。不安に苛《さいな》まれ、嫉妬している自分の愚《おろ》かさに呆《あき》れながら、枕を濡らすことだってある。

だからせめて一緒にいられる時間には、そんな不安を忘れさせてほしい。自分はこれほどまでに愛されていると、些細《ささい》な不安などすべて吹き飛ばしてほしい。

「愛している」

キスとともに優しい言葉が野城の上に降り、優しい手が頬を撫でていく。そしてやっと待っていたものが腰に押し当てられる。

「痛……っ」

引き裂かれるような感覚に、条件反射のように声を上げる。

何度同じ行為を続けても、挿入される瞬間の衝撃には、どうしても慣れない。全身が竦《すく》みあがり硬直《こうちょく》してしまうのだ。

「大丈夫か?」

強く目を閉じて痛みをやり過ごす野城の耳元で、すぐに労《いたわ》りの声が囁かれる。大澤は野城の頭に手を添え、心配そうに野城の顔を覗き込む。光の加減で茶色に光る虹彩《こうさい》には、自分の顔だけが映されている。野城は唇を強く嚙み締《かし》め、小さな笑みを浮かべた。

はち切れそうなほどに硬《かた》くなっていながら、大澤はそのまましばらく動かなかった。自分を受け入れている野城が慣れるまで待って、頰を撫で啄《ついば》むようなキスを与える。繰り返される口づけに、野城の全身に熱が籠《こも》っていく。満たされるのは体だけでなく、心までもが熱に熟され る。そうして腹の間で萎縮《いしゅく》しているものがそろそろと頭をもたげ、鍛えられた大澤の腹を突つき始めた。

「いいか?」

――動いても、大丈夫か?

熱い吐息の問いに体を震わせて、野城は小さく頷《うなず》く。

閉じていた唇を開き、外の空気を体内に取り入れた。やがて訪れる快感を頭の中に浮かべながら、腰の奥深くで鼓動《こどう》する男の存在を認識する。これまでに何度となく自分の身に受け入れた大澤はすでに、野城の体の一部となっている。しかし、たとえ体の一部と思っていても、一度外に吐き出してしまうと、その存在を忘れてしまうのが難《なん》だった。

それでも締めつけるばかりの内壁《ないへき》が熱さを思い出し、肉が擦《こす》れるもどかしい感覚を蘇らせて

いく。ちりちりと燃える痛みがそのうちに、言葉で表現できないほど強烈な快感を生むのだ。

「あ……っ、健吾、さ、ん……んん」

ゆっくり動き始めた大澤に足を絡《から》め、軽く腰を浮かせる。上から打ちつけられるような感覚に、強烈なまでの刺激に声を上げる。腰から全身に快感が広がっていく。その快感を、野城は懸命に追いかけていく。

「高久、高久っ」

大澤の表情と声から余裕がなくなる。

徐々《じょじょ》に激しくなる律動《りつどう》に野城の全身が揺れ、頭に残っていたすべての理性がどろどろに蕩け出す。確かなものは、自分を抱く大澤の腕と自分を貫く存在だけになる。

聞こえているのは大澤の呼吸と、自分の喘ぎ。

「健吾さん、健吾さん……っ」

二人の動きに揺れるソファが軋《きし》む音。翼一杯に力と空気を溜《た》め込み、滑走路《かっそうろ》を走る飛行機のように、テイクオフの瞬間が二人に訪れる。

「あああ……っ」

ふわりと全身が宙に浮くような感覚の直後に、他に比べようのない絶頂がやってくる。野城は目を見開き、快感をやり過ごした末に大澤の笑顔を見つめた。

静かに重なり合う汗をかいた胸は、激しい鼓動を打っていた。

大澤の大きな掌《てのひら》が野城の頬を何度も何度も撫でていく。そしてその後を追いかけるように、キスをする。空気を吸い込む口の間に指を差し入れ、軽く舌を摘《つま》んでは離す。

「……待って、まだ……っ」

続けざまの強い愛撫に、さすがに野城は困惑《こんわく》の色が隠せない。

「わかってる。だから、ゆっくりおいで」

求められる口づけを返すだけの余裕が野城にはまだない。顔を少し横に向けて愛撫から逃れる野城に大澤は優しい笑みで応じ、体内に埋めていた己《おのれ》を、そっと引き出しにかかる。

「ん……ふっ…」

風呂から上がったばかりで、当初は再び行為に雪崩《なだ》れ込むはずではなかった。ただじゃれて、互いの肌を味わう程度の悪戯《いたずら》から始まった。それがいつしか本気になり、余裕のない状態で体を繋《つな》いでしまった。大澤が離れていくのと同時に、大澤の吐き出したものが溢れてくる。

二人の間のセックスで、ゴムをつけるのは半分ぐらいの割合だった。

野城は常に翻弄されているため、大澤の理性が失われたときの行為では結局どちらの余裕もなく、そのままの状態で重なり合うことになる。野城の体のことを考えればゴムをつけた方がいいに決まっているが、走ってしまった体や感情はなかなか止まらない。結局盛り上がった気持ちを盛り下げてまでは装 着《そうちゃく》する必要性は感じられず、その場合には黙認している。

「あ……」

内腿《うちもも》にどろりとしたものが溢れ出す感触に、野城は甘い声を上げ、眉を顰《ひそ》める。大澤はバスローブを無造作《むぞうさ》に羽織《はお》ると、裸の野城の体を軽く横抱きにしてそのまま浴室へ向かう。

「大澤さん……」

「今度は本当に体を洗うだけだ」

大澤はこれ以上にないほど優しい笑みを浮かべた。逞しい男の腕の温もりと笑顔に、体だけではなく心までもが満たされる。

二人の間には七歳の差がある。しかし精神的にはもっと隔《へだ》たりがあるように感じられる。大澤の大きな掌で頭を撫でられていると、幼い頃に父に撫でられたときのことを思い出す。自分を見つめる大澤の瞳に、どことなく父親のような温かさがあることに気づいたのは、いつだっただろうか。

自分に対して深い罪の意識を持っていた事実を知ったときに、野城はその温かさの理由がわかった。

広い浴室のバスタブに野城の腰を下ろし、全身を優しくボディシャンプーで洗いながら、わざとくすぐって笑わせようとする。

「大澤さん、意地悪しないでください」

「じっとしていないと、流せないだろう。ほら座って」

立ち上がろうとすると肩を押さえられ、大澤は自分が濡れないように体を反り返らせる。そして、シャワーを野城に向けて大笑いする。

笑顔になると大澤の顔に幼さが混ざる。

野城は優しい時間に安堵《あんど》を覚えると、同時に、別れなければならない時間が近づいてきている事実に、寂しさを覚える。その心の痛みを忘れるために、野城は大澤の手にあるシャワーを奪った。

「高久、……何を」

「手元が狂いました」

野城は肩を竦める。

「でも大澤さんもびしょ濡れです。だからもう一度ゆっくり二人で温まりませんか?」

悪戯ぽい野城の言葉に、大澤は濡れた顔を手の甲《こう》で拭いながら、目の前で笑う恋人の顔を睨《にら》みつける。

「わざとだな」

「そんなことないですよ」

野城は立ち上がり、もう一度シャワー口《ぐち》を大澤に向ける。

「こら。やめろって…濡れるだろうが。シャワー、寄越《よこ》しなさい」

「取れるものなら取ってください」

逃げる野城を大澤が追い、追いかけてくる大澤から野城は逃げる。子どものようにはしゃぐ二人の声が、しばらくの間、浴室に響いていた。

今幸せな時間を過ごす二人を結びつけるキーワードは、過去に起きた悲惨な航空事故にあった。

二一年前の一一月一四日。野城と父が乗った全日航《ぜんにっこう》、東京羽田空港発札幌《さっぽろ》行きは、当時最新鋭《えい》の機種であったダーイング七四七は、着陸時の車輪故障により、前のめりの状態で滑走路に突入した。ブレーキの利《き》かない機体は走りながら炎上し、海へ半身を突っ込んでようやく停止したのである。

乗客五二八人プラス乗務員一一人のうち、機長を含めて約半数の二六〇人が死亡した。

当時の運輸省航空局と警視庁の合同捜査本部は、最終的にこの事故の原因を、機長の判断ミスと決定づけた。

機長の碓井康人《うすいやすと》は、大澤の父であり、野城の父の航空大学時代の同期だった。野城は日スタの機長だった父和雄《かずお》と一緒に、この事故機に乗っていた。そして父は息子を庇《かば》うように、死亡した。

歴史に残る悲惨な航空事故はニュースとなり、加害者となってしまった機長やその家族、同時に被害者の野城も、散々記者に追いかけ回されることとなった。

しかしながら、幸いにというべきか、幼かった上に父親が死亡していく状況を目《ま》の当たりにした野城は、ほとんどその頃のことを覚えていない。

けれど自分に伸《の》しかかり、次第に冷たく、そして石のように重くなっていた父親の重さは記憶に刻《きざ》まれている。

それよりも前に母を亡くしていた野城は、一度は父方の祖父母の元へ引き取られた。ところが相次いで二人が死亡したため、父親の後輩であり日スタのパイロットである江崎雅司《えざきまさし》の元へ引き取られ、高校を卒業するまでを過ごすこととなった。

江崎一家から愛情を与えられて育ったことで、野城の心に、父親の死に対する恐怖や不安は生まれなかった。

ただ、飛行機という乗り物を操縦する人の技術に信頼を置けず、学生時代はずっと航空力学《りきがく》を勉強してきた。いずれは、人の力を必要としない飛行機を作りたいと考えていた。その気持ちは大学三年の段階で江崎と進路について話をするまで、変わらなかったのである。

一方、同じ事故で父親を亡くした大澤の人生は、苦難の連続だったらしい。

判断ミスを起こし、大勢の乗客乗員を死亡させた機長の家族として、マスコミにつけ回された。彼らは執拗《しつよう》で、半分アメリカの血を持つ母親は気も狂わんばかりに追いつめられた結果、旧姓に戻り、息子を連れて実家に引きこもってひっそりと暮らす道を選んだ。

それでも幼い大澤にとって、父親は自慢の存在だった。優秀なパイロットであり、いつか彼のようにパイロットになり、世界の空を飛ぶのだと誓《ちか》っていた。

やがて成長した大澤は、父のあとを継《つ》ぐべく航空大学に入学し、真剣に学び、優秀な成績を得た。天才と言われる技術を擁《よう》し、卒業後には父親が在籍《ざいせき》していた全日航への就職を目指したが、過去の事故が原因で拒絶される。もちろん当初その理由は明らかにされなかったのだが、いつしか大澤の耳に入ってしまった。

『事故機のパイロットの息子だから』

最近では、遺族を積極的に受け入れる体制がどこの航空会社でもでき上がっている。けれど当時の世論《せろん》の流れがあったのかもしれない。

大澤はその事実にショックを受けるよりも先に絶望を覚え、アメリカにいる祖父母の元へ行った。だがパイロットへの想いは捨てきれずユニバーサルエアラインに入社したのち、一〇年という長い月日を越えてやっと、日本に戻ってきたのだ。

そんな大澤は事故当時のニュースで、野城の顔を見ていた。それが自分の父親の親友の息子であることはのちに聞かされ、なんとも痛ましい気持ちになったという。父親の死とは別に、大澤の心の中には少年に対する強い責任感が生まれていた。

彼のような少年を作ってはいけない。自分は父親以上のパイロットになる。どんな事故も、自分の腕で乗り切ってみせる。

途中、どうしようもない挫折《ざせつ》感を覚えながらも、そんな強い気持ちが、パイロットの道を捨てなかった大澤の、仕事に対する絶対的な責任感や姿勢を生んだ。

そして日本に戻って来た大澤は、半ば運命的に野城との再会を果たした。もちろんすぐには野城とあの少年の姿は一致《いっち》しなかったが、名前を聞くことですべての記憶や想いがひとつになった。

頭の中の少年は二〇年経って、驚くほどに成長していた。それもため息を吐《つ》きたくなるほどの印象的な青年に。

女性ではなく男性を恋愛対象にしていた大澤の中で、野城に対して抱いていた気持ちは、本人を前にしてピークに達する。些細な仕種や行為、そして声を聞きながら、強烈に自分のものにしたいと思ったのだ。

この男は、どんな肌をしているのだろう。抱かれて、どんな声を上げるのだろう。心の中で芽生《めば》えた欲望をとどめるどころか、野城の酒癖は、大澤の気持ちをさらに煽ったのだった。


風呂の中で幼い子どものように、一通り騒《さわ》いだ二人はバスタブに湯を溜め直し、その中で存分に温まってから浴室を出た。大きなバスタオルで互いの体を拭い、体を包んだまま寝室に戻るが、その頃にはもう野城の体にはほとんど力は残っていなかった。

大澤はセックスの痕跡《こんせき》をそのままに残すシーツを外《はず》して洗ったばかりのものに替え、生まれたままの姿の野城をその中に押し込むと、自分も静かに横に入った。

肩まで布団《ふとん》を引っ張り上げた野城は、軽く目を閉じてその匂いを嗅《か》ぐ。

激しい情事の間には気づかなかった、シーツに仄《ほの》かな自然の香りが残っている。

「……太陽の匂いがする」

「昨日、干したばかりだからな」

「それって……」

「次に会えるのは、ハイシーズンを越してからになるだろうか」

大澤は野城の問いには答えず、天井を向いたまま口を開く。自分が部屋にやってくるから、布団を干した事実を隠すように話を逸《そ》らされたのがわかった。あえてそれ以上何も尋《たず》ねようとはしない。言葉にされなくても、大澤の優しさは十分伝わってくる。

「そうですね。スケジュールを見た限り、七、八月は休みが合わないようです」

夏休みを迎える時期、航空業界には一番のピークが訪れる。

国内外を問わず臨時便《りんじびん》が増え、必然的にパイロットの忙しさも増す。仕事である以上は仕方ないと思いながら、丸々二か月は、気が遠くなるほど長い時間だ。

「九月のスケジュールが出るまで会えないなんて、考えるだけで落ち込んできます」

胸の中にぽかんと穴が空《あ》いたような感じがする。そんな気持ちを素直に訴える野城の頬を、大きな手が撫でる。

「八月末、シックスマンスチェックがある」

相変わらず、大澤は天井に目を向けたままだった。

「具体的な日にちは決まったんですか？」

「それはこれから決まるはずだ。だがおそらく前回が二月末だったから、それほど誤差《ごさ》はないだろうと思う」

「ということは、その頃一週間ぐらいは、羽田にいらっしゃるということですね」

野城の声が思わず弾《はず》む。

旅客機の機長という資格は、一度取得《しゅとく》すれば、永遠に続くというものではない。

何百人という人間の命を預かる責任の重い仕事であり、非常に高度な技術を要する仕事であるために、機長としての技量を定期的に確認する。半年に一度の割合で行われるため、シックスマンスチェックと呼ばれている。

飛行機を飛ばすために必要な証明書、航空身体検査や操縦士資格などをチェックする書面審査、口頭試験や筆記試験による知識審査があり、最終的にフルフライトシミュレーターを用《もち》い、実際の操縦技術、咄嗟《とっさ》の判断力や知識を総合的にチェックする。

二日にわたって行われるこの検査は非常にハードで、ひとつでもクリアできない事柄があると、資格剥奪《はくだつ》となるシビアな検査でもある。そのため機長は常に緊張感を持ち、実際の検査になって慌てないよう、常日頃から努力を怠《おこた》らない。

日スタではシミュレーター機がすべて、羽田の乗務員訓練センターにあるため、国際線の機長もすべて、シックスマンスチェックは羽田の訓練センターで行い、前後一週間の休暇が与えられる。

大澤の前回のシックスマンスチェックが行われた二月のとき、野城はそれに合わせてなんとか休みを手に入れた。今回も運が良ければ、普段のオフのときより、ゆっくり会えるかもしれない。

大澤は、期待に膨《ふく》らんで満面の笑みを向ける野城に顔を向けて、「そうだ」と頷く。

「一緒に休みが取れるように、シフトの申請《しんせい》をします」

「タイミングが合えばいいな」

それこそベッドに起き上がって気合を入れそうな野城の頭を優しく撫で、大澤は半開きの唇にそっとキスをする。

「もう、寝よう。明日からは仕事だ。二人とも」

「そうですね……おやすみなさい」

甘いキスに名残《なご》り惜しげに小さく頷いて、そっと目を閉じる。

「おやすみ」

優しい言葉のあとで大澤は腕を野城の肩に伸ばす。彼が動くと微かに、彼の匂いが野城を包み込んで夢の中へ誘《いざな》っていった。

最初の出会いを考えたら、今のこの状態は想像もできなかった。

出会ったその日に酔った勢いで抱かれた翌朝、素面になった野城は、自分自身がしてしまった過《あやま》ちに、躊躇《ちゅうちょ》し嫌悪した。

男はもちろん、女の体も知らなかった野城にとって、セックスという行為は未知のもので、触れてはならない領域だった。それを初対面の男を相手に、自分が酔って誘った。突きつけられる現実に混乱し、強い態度で大澤に「すべてなかったことにしてくれ」と言った。

そんな野城の態度すべてが、大澤の神経を逆撫《さかな》でしてしまった。

『嫌だと言うのなら、今度は無理に誘ったりはしない。でも、もし抱いてほしいなら、自分から来るといい。俺はいつでも、部屋の鍵《かぎ》を開けて高久が来るのを待っている』

野城を心の底で思っていながらそれを口にできなかった大澤は、そんな態度で接することしかできなかった。そして野城の判断に任《まか》せながら、実際はすべて、大澤が握っていたのだ。

大澤との初めてのセックスは、気が遠くなるほどの快感を野城にもたらした。忘れたくても忘れられない、何度も頭の中で反芻《はんすう》した上に、より強い快感を欲《ほっ》してしまう行為だった。我慢すれば我慢するほどに、反動は強くなる。

結局野城は、大澤の張った罠《わな》にみずから嵌《は》まりにいくしかなかったのだ。

大澤のパイロットとしての腕は、噂に違《たが》わないものだった。野城は大澤のパイロットとしての腕に憧《あこが》れを覚え、彼のようになりたいと思いながら、必要以上に自分に厳しく接する彼に対して、どうしても素直になれなかった。プライベートでは大澤の前で跪《ひざまず》くことしかできない自分を彼が嘲笑《あざわら》っているとしか思えず、激しい自己嫌悪に陥《おちい》っていった。

反発しながらも、少しずつ見え隠れする大澤の素顔に触れた野城は次第に、傲岸不遜《ごうがんふそん》な男に惹《ひ》かれ始めていった。

すぐにその気持ちを見据《みす》えることはできなかったものの、現在航空管制官として羽田の管制塔で働く松橋祐《まつはしゆう》の存在は、野城の気持ちを明確にした。

かつて腰までの長い髪を持っていた、グリム童話のお姫様である「ラプンツェル」という異名を持つ美貌の松橋は、大澤の航空大学時代の同期生であり、過去の事故のことも知っている。そして学生時代ずっと、大澤を愛し続けてきた人間だった。

自分に対して大澤が愛情の欠片《かけら》すら持ち合わせていない事実を知りながら、それこそ全身全霊で彼を支えようとしていた。

四分の一外国の血が混ざっている、優秀でセクシーな大澤という男は、男女構わずもてる存在だ。しかし野城はそれまで、実際大澤とつき合ったことのある相手に、直接会ったり、その人に関する噂を聞いたことがなかった。

けれど松橋については、当事者両方から体の関係があった事実を聞く羽目《はめ》になった。そして野城は、大澤の過去に関係のあった人間に対して、どうしようもない感情を抱いている自分に気づかされてしまった。

　今は日スタ系列の会社で働くグランドハンドリングマンと恋人同士になっているとわかっても、松橋が羨《うらや》ましくて妬《ねた》ましかった。

　坂道を転がり落ちるように大澤に惹かれていく。その気持ちを止める術を知らず、最終的に野城の心の方向を決定づけたのは、江崎から聞かされた過去の因縁《いんねん》だった。

　事故機の機長が、大澤の父親であった事実。それによって過去、大澤が出遭《であ》った現実。

　子どもの頃は別にして、実際飛行機を操縦する立場になってからは、事故機の機長に対する恨みなどの感情はほとんど消え失せていた。さらにこれにより、大澤に対する感情が野城の中で変化した。

　大澤が仕事の上で自分に対して厳しかったのも、私情が入ったものではない。元々の仕事に対する姿勢が違ったからだと、初めてそこで自分の過ちに気づいた。

　瞬間、大澤へ抱いていた感情が、堰《せき》を切ったように溢れ出した。

　松橋に対して嫉妬したのは、大澤に自分を認めてほしかったから。自分という人間を見てほしかったからなのだ。

　大澤のことを、心の底から愛している。その事実にようやく気づいたのは、二人が出会った年の年末近くになってからだった。

「ん……」

朝の訪れとともに、野城は目を覚ます。

同じベッドで一緒に眠っていた人の姿は自分の横にはなく、その温もりを掌で追いかけながらやっとの思いでそこに起き上がる。

腰から全身に広がる甘い倦怠感《けんたい》にほんの少しの幸せを覚えながら、窓の前に立つ。カーテンを開くと、眩《まぶ》しい朝の陽射しが部屋の中を明るく照らした。

いつの間にか着せられていたパジャマ姿で寝室を出ると、香ばしいコーヒーの香りが漂《ただよ》ってきた。

大澤はリビングで、煙草《たばこ》を片手にコーヒーを入れていた。野城に気づくと、満面の笑みを浮かべる。

笑った口元から白い歯が零れる。

すでに髪は綺麗にセットされ、額に下りていた前髪も上がっている。パイロットスーツに手を通すだけで、すぐにでも出かけられそうだ。

「早く起きられたんですか？」

「三〇分ぐらい前だろうか。それより、そろそろコーヒーが入る。顔を洗ってくるといい。朝食はトーストでいいか？」

「は、い。ありがとうございます」

二人で過ごした翌朝は、どうしても寝坊してしまう野城のために、大澤が食事の用意をしてくれる。当初は申し訳なさが先に立ったが、最近は少しだけ慣れてきた。だから野城は素直に礼を言って軽く頭を下げ、急いでリビングを通り越して洗面所へ向かう。

扉を閉めて大きな鏡の中に移る自分の寝ぼけ眼《まなこ》を見つめ、軽く頬を両手で叩《たた》く。

「朝から、何をぼんやりしてる、野城高久。休日は昨日で終わりで今日からは仕事だ。わかってるのか？」

野城は自分自身に強く言い聞かせる。

一緒に過ごす時間が多くなればなるほど、野城は彼に惹かれていく。そして、彼に相応しい人間にならなければならないと痛感する。

何度も見慣れている大澤のパイロットスーツ姿に、まるで少女のように心をときめかせたなど、あまりに恥ずかしくて当人には言えない。

操縦技術は当然のことながら、大澤の機長としての責任感や自分の仕事に対するプライドは、尊敬に値《あたい》するし、見習わなければならないと思う。

もちろん大澤も、人間である。パーフェクトに見えていても、野城が思っている以上に繊細《せんさい》で弱いところも持っている。大澤はそれを自覚し、その弱い部分を補ってあまりある自制心とプライドで、大澤健吾という人間を作っている。

そんな大澤が羽をしまい、常に心を休める場所になりたいと、野城は願っている。そのためにはまず、自分が大きな人間にならなくてはいけない。小さなことに嫉妬などせず、大澤を信用しなくてはならない。

今は大澤に頼り慰《なぐさ》められるだけの存在だが、いつかは大澤を、彼が傷ついたときだけではなく、常に優しく抱き締めてあげられる存在になりたい。

年齢的な意味だけではなく、精神的に大人になろう。すぐには無理でも、少しずつ確実に。

野城は洗顔のあと濡れた顔をもう一度見つめ、気合を入れるために再び頬を叩き、リビングに戻る。

テーブルの上には大澤が作った目玉焼きにベーコン、簡単なサラダにキツネ色に焼けたトーストが並んでいた。

野城も一人暮らしをし始めてからかなりになるが、ほとんど外食か出来合いのもので済ませていた。

大澤も航空大学時代は寮生活だったが、アメリカに行ってからは一人で暮らしていた。だから自炊《じすい》は当たり前のことだったらしい。もちろん豪華な料理を作るわけではない。けれど栄養のバランスの取れた料理を、僅かな時間で作ってしまう。

「いただきます」

顔の前で両手を合わせ、半熟に焼き上がった目玉焼きに箸《はし》を突き刺した。

「今度日スタにも、七七七―三〇〇が導入されるらしいな」

美味《おい》しそうに食事をする野城を確認した大澤は、ふと思い出したように口を開く。

「らしいですね。この間、社内報で回ってきましたし、江崎さんからも直々《じきじき》に話を聞きました」

「機種変更を勧《すす》められなかったか？」

大澤は煙草に火を点《つ》け、新聞に目を落とした状態でさらに問い掛ける。

「勧められましたが、断りました」

「江崎機長は何か言わなかったか？」

「ダッシュ四〇〇で国際線を飛びたくて、やっとの思いで機種変更をしたところです。誰に何を言われても、決意は変わりません」

「そうか」

大澤は顔を上げた。

「昨日聞き忘れていたが、高久は、今年の長期休暇をいつ取る予定でいるんだ？」

「今のところ、まだ何も考えていません」

日スタのパイロットには、通常の休日以外に、夏冬のシーズンにそれぞれ一度ずつ、二週間のまとまった休暇を取ることが義務づけられている。もちろん基本的にハイシーズンは外すことが慣習《かんしゅう》になっていて、野城のような新米パイロットの場合、夏休みが一〇月頃になってしまうのは当たり前だった。

「それなら一〇月頃、一緒に南の島にでも行かないか？」

「……え」

野城は箸にトマトを挟んだまま、大きな目をさらに見開き、端整な男の顔を見つめる。

「南の島が嫌ならヨーロッパでもいいし、アジアでも構わない。それこそ国内でもいい。こうして休みのときに顔を合わせてはいても、長い時間一緒にはいられない。せっかくの機会だから、二人だけの時間を過ごして、互いのことをもっと知りたいと思わないか？」

今にも赤面しそうな台詞を早朝からつらつら言ってのける大澤は、真顔だ。そして綺麗な指を頬に伸ばし、唇に移動させてくる。大澤はその指を野城の目の前に翳《かざ》してから、自分の口に運んでいく。卵の黄身がついていたらしい。

その行為の一部始終を見ていた野城は、頬を赤く染めた。舌の動きや唇の動きといった、食事をする際の当たり前の行為でも、昨夜の情事が呼び覚まされてしまう。

「高久の方ですでに他の予定があるなら、またの機会にするが……」

即答せずに俯《うつむ》いた野城の様子に躊躇したのか、大澤はほんの少し声のトーンを下げて、心配そうな口調になった。

「……本気でおっしゃってますか？」

「当然だろう」

大澤はほんの少し不機嫌そうな口調になるが、すぐに破顔《はがん》する。

「なんだかあまりに嬉しい話なので、夢を見ているような気分になってました」

「夢じゃない」

大澤は野城にキスをする。

「もし万が一夢だとしても、俺はそれを現実にする。だが即答しろとは言わない。可能ならそうしたいと俺が勝手に思っているだけだ。よく考えて、次に会ったときにでも返事をくればいい。それより急がないと遅刻するぞ」

「は、はい」

大澤は灰が長くなった煙草の火を灰皿で揉《も》み消し、カップに残っていたコーヒーを胃の中に流し込む。野城も時間を確認し、急いでパンを食べる。

大澤は午後二時発ロスアンゼルス行き、野城は正午発札幌便の担当になっている。

野城は使い終えた皿を急いで洗い、洗面所で歯を磨き髪型を整える。急いで着替えを済ませ、ようやく日スタパイロットの野城高久が出来上がる。

「高久。待ちなさい」

落ち着かずに、鏡の前で最後の身支度を整えていると、大澤に呼び止められる。

「なんでしょう」

振り向いた首元に、大澤の大きな手が伸びる。

「曲がってる」

綺麗な指先でさりげなくネクタイの結び目を整え、さらにスーツの襟《えり》を正した。

大澤が着ているスーツは、野城が着ているスーツと同じ型だ。しかし、二人の間には大きな違いがある。袖口のラインが機長である大澤は四本で野城は三本しかない。この一本の差は、想像以上に広く、そして深い。

「タクシーを下に呼んである。先に行きなさい」

大澤は野城の全体像を眺めてから満足したように頷き、そして出発を促《うなが》す。

「ありがとうございます。行ってきます」

野城は元気よく大澤の言葉に応じてからステイバッグを持った。

広い玄関で革靴を履《は》いている間、大澤はその後ろで腕組みをして待っていた。優しい視線は、常に野城を見守ってくれている。淡々《たんたん》として見えながら、心の奥底ではずっと野城に対して強い愛情を燃やしている。ふとした瞬間にその熱さに火傷《やけど》しそうになりながら、小さな痛みに胸が躍っている。

先程の予期せぬ誘いでも、野城は小さな火傷を負って即答できなかった。嫌なわけではない、驚いたためだ。

大澤は今、平然としている。そのポーカーフェイスが憎らしく思えることがある。自分ばかりが彼の一言一句に緊張し、動揺しているように思えて仕方がない。

「大澤さん……」

野城は大澤を振り返り、思い切ったように口を開く。

「どうした」

大澤は優しい笑みを浮かべ、野城の次の言葉を待っている。

「さっきの話の返事ですが」

視線を大澤から逸らし、肩を竦める。自分の言葉に大澤がどんな反応を示すか。それを予想しているうちに、鼓動が激しくなってくる。

「即答は不要だと……」

「最初から答えは決まっています」

野城は一度言葉を切り、すうと息を吸い込んだ。一瞬、大澤の眉が動くのを確認してから、ゆっくりと目を開く。

「俺も大澤さんと一緒に過ごしたいです。だからシックスマンスチェックの日程が決まったら連絡してください。大澤さんが良い日なら、それが俺の良い日でもあります」

もったいぶった言い方をしたせいだろうか。最後まで言い切った瞬間に大澤の表情が崩《くず》れ、彼は両手を大きく左右に開き、野城の頭を自分の胸の中に抱き込む。

「君は最近、少し悪知恵がついたようだな」

大澤は笑いながら、セットした野城の頭をくしゃりと撫で、頬に自分の頬を擦りつけてくる。

「大澤さん、あの…」

仕事モードに入っていたはずの野城だったが、再びよからぬ方向に体と心が進みそうになったことに気づき、慌てて抗議の声を上げる。

「どうせ高久に知恵を授《さず》けているのは祐辺《あた》りだろう。いずれにせよ、俺の心の中には高久以外の人間は存在しない。他の誰の姿も、入ってはこられない。だから、試すような真似《まね》はしないでくれ。これでも高久を前にして、精いっぱい冷静を装っているんだ」

大澤は眉を下げ、困ったように心の内を白状する。恥ずかしそうに、口を覆う姿がなんとも可愛らしく見える。

「ただでさえ高久には、情けないところばかり見られている。好きな相手の前では格好をつけたい気持ちぐらい、わかってくれないか?」

「大澤さんは格好なんかつけなくても、十分格好良いです」

「高久、お前は本当に……」

正直に野城が言うと、さらに大澤は困ったように頬を染め、顔を横に向けて口を開く。

「自覚がないようだから言っておく。お前の無意識の笑顔は、俺と同じ趣向を持つ人間には、誘っているようにしか思えない。酔ったときは、それが特に著《いちじる》しい。不用意に他の人間を陥落《かんらく》させるな。くれぐれも酒を飲むときには、気をつけてくれ。俺がいない場所では絶対、酔っ払わないようにしなさい。これは命令じゃなく、お願いだ。そうじゃないと俺の心臓がもたないし、高久の周囲にいる人間すべてに対して嫉妬しなくてはならなくなる」

「大澤さん……」

「約束してくれ。俺のために」

見事なまでのポーカーフェイスが剝がれ落ち、内側から溢れる野城への想いを堪えられない大澤の様子に、見ている方が恥ずかしくなってくる。

「約束します」

「本当に？」

「本当に」

酒の話をされるのは耳が痛くて、野城は徐々に赤くなってくる自分の顔を意識して、視線を足元に向ける。

「あのー俺、行きます」

「気をつけて」

念を押して、ようやく大澤は解放してくれる気になったらしい。

待っていたエレベーターに乗り込み、背中を壁に預ける。一気に下降していく感覚に身を委《ゆだ》ね、軽く目を閉じて小さなため息を吐く。

いつもならどうしようもなく切ない別れが、今日はどことなく心地良く感じられる。それはきっと、常にない大澤の姿を見られたからだろう。

自分の言葉に反応して照れる姿を目にすると、どうしようもなく愛されていると実感できる。

常に自信満々に見える男も、野城と同じように不安を抱き、そして些細なことで喜んでいるのだと知ると、ものすごく安心できる。

普段は遠くにいる大澤を身近に感じられる瞬間でもあった。

大澤の触れた頬や肩は、今も熱を含み疼《うず》いている。その温もりを探すように、野城は自分の体を抱き締めた。

『俺の心の中には、高久以外の人間は存在しない』

信じられないほどの甘い言葉を聞いた瞬間、脳天まで蕩けそうな気分を味わった。まさにセックスの絶頂に似た感覚だった。

語尾が掠れるハスキーボイスで囁かれる睦言《むつごと》は、それだけで十二分に愛撫の役割を果たしている。

普通の人が口にすれば気障でわざとらしい台詞でも、真顔で大澤が発する言葉には嘘がなく、すべて本心だ。

慣れてきても、だからと言って恥ずかしくないわけではないが、茶化《ちゃか》したり揶揄する気持ちは薄れ、素直に受け止めたいと思えるようになっている。

「旅行、かあ……」

落ち着き始めた頭の中で、大澤の言葉を思い出す。こうしてオフのときに欠かさず会うようにしてはいても、大澤が言うように、長い時間を二人だけで過ごしたことはない。常に彼と一緒にいることを考えると緊張する気持ちがないわけではないが、幸せな気持ちにもなれる。実現したらどれだけ素晴らしいだろうかと夢を馳《は》せている間に、エレベーターは一階に辿《たど》り着き、開いた扉から外の空気が入ってくる。

梅雨《つゆ》の近づく時期でありながら、エントランスのガラス扉から零れている光は爽快《そうかい》だ。空は青くどこまでも透き通るようで、雲ひとつ見えない。まさに飛行日和《びより》だ。

野城はマンションから出るとすぐ目の前に待っているタクシーに乗り込んだ。

「羽田にある、日スタ本社までお願いします」

「お客さん、パイロットですか。制服、格好良いですね」

ルームミラーで後部座席を確認した運転手に軽く会釈《えしゃく》で応じ、野城は体を背もたれに預けた。

タクシーの小さな窓から空を見上げると、澄み渡る青い空の向こうに、白い飛行機が見える。

あれは全日航の札幌行きの便だ。

青空に吸い込まれるように颯爽《さっそう》と飛ぶその姿は、まさに鳥のように優雅で美しかった。

2

代官山の大澤のマンション前から野城が乗ったタクシーが、羽田空港に隣接《りんせつ》した日スタ本社に辿り着いたのは、午前九時五〇分だった。

本社ビル五階にある、国内外を問わず日スタのフライトすべてを統括《とうかつ》するフライトコントロールセンター内は、操縦する便を待つパイロットで混雑していた。

パイロット自社養成システムで入社した野城は、二年あまりに及ぶ訓練が終了すると同時に、ダーイング社の旅客機七七七―二〇〇、トリプルセブンと呼ばれる機種の、副操縦士の資格を取得した。

野城はトリプルセブンに二年近く副操縦士として乗務したあと、国際線を主に飛ぶジャンボと呼ばれる七四七―四〇〇、ダッシュ四〇〇の資格取得も昨年末に果たした。

ダッシュ四〇〇はその愛称の示すとおり、四発エンジンを両翼《りょうよく》に携《たずさ》える大型旅客機であり、定員は五〇〇人を超す。

基本的に日スタでは、国内線で経験を積んだのち、希望者は国際線乗務となる。野城は、ダッシュ四〇〇で大澤とともに外国の空を飛ぶことを目標に、日々励《はげ》んでいる。

しかし日スタには数多くのパイロットがいるうえに、国際線の便も増えている。それゆえダッシュ四〇〇の操縦士となっても、大澤と同じ機に乗務する可能性は高くない。それでも、羽田と成田の勤務で同乗する可能性すらない現在と比較すれば、同じ飛行機に乗れるかもしれないと希望が持てるだけ、マシだといえる。

もちろん、現実は思っているより厳しい。

野城はフライトコントロールセンターの壁に貼られた、国際線への辞令《じれい》に書かれたパイロットの名前を見ながら、思わずため息をもらす。資格取得後早々に国際線への希望は出してはいるが、いまだに野城の名前はない。

「いつになったら、国際線勤務になるんだろう」

「ぼやく前に、仕事して、経験を積むんだよ」

自分の袖にある三本線を眺めながらぽつりと呟く野城の帽子《ぼうし》が、後ろから引っ張られる。何事かと振り返ると満面の笑みを浮かべる同期入社の男が立っていた。

「壁に向かって愚痴《ぐち》を言うなんて、あまりに非効率的だ。俺達新米パイロットは、一に修業二に修業。三四がなくて五に修業あるのみの、哀しい身分だ」

落ち込んでいる野城を元気づけるべく、中山英輔《なかやまえいすけ》はおどけてみせる。身長は大澤と同じで一八三センチだが、全体的に大柄な体つきでがっちりしているため、彼よりも大きく見える。図体《ずうたい》に似合わない、子どものように人懐《ひとなつ》こい笑顔が中山のトレードマークだった。

「英輔」

「久しぶりだな、高久」

細い肩を小突《こづ》いてくる中山に応じるように、野城も帽子を取って、中山の腕を握った。

「高久がダッシュ四〇〇に機種変更をしてから、やっぱり顔を合わせる機会が減ったな。忙しいか」

「忙しいって言ったら忙しいけど、前と比べてどうかというほどじゃない。それより英輔は？　最近は国際線も飛んでいるんだろう？」

「ああ、それそれ、その話なんだけど。今、時間大丈夫か？」

中山は一瞬周囲を見渡してから、耳元で声を潜《ひそ》めてくる。その表情から、野城は話の雰囲気を悟《さと》った。

「一五分ぐらいなら」

「それで十分だ」

中山は待合室の奥にある喫煙《きつえん》場所へ移動する。

換気扇《かんきせん》は回っているが天井は白く煙《けむ》り、酸素が足りないような感じがする。

「話って？」

空《あ》いている席に腰を下ろして、野城は自分の前に立ったままの中山を上目遣《づか》いに眺める。中山はスーツのポケットから煙草を取り出したあと、野城にも薦めてくるが断った。

「新機種への機種変更の話、江崎部長から聞いたか？」

「……聞いたよ」

その話題は今朝、大澤からも聞いたばかりだ。

新機種である七七七―三〇〇、トリプルセブンダッシュ三〇〇、短距離の国際線にも使用されるハイテク最新旅客機が、つい先日日スタでも導入された。今後中距離路線の主軸《しゅじく》となるため、現在のトリプルセブンの機長だけでは数が足りず、B六と呼ばれる、七六七シリーズや七四七―四〇〇の現役機長が機種変更をしていた。しかしそれでも、この先機長の機種変更だけでは、需要《じゅよう》に供給《きょうきゅう》が追いつかなくなる。

そのため副操縦士の段階からダッシュ三〇〇の機長昇格《しょうかく》を目指して教育し、他機種よりも早い段階で機長にする計画が本社で立ち上がった。白羽《しらは》の矢が立ったのは、トリプルセブンの資格を保持したばかりの、野城や中山といった若い副操縦士たちだ。

機長昇格の年齢は通常、航空法で定められている飛行時間をクリアしたのち、各航空会社でさらに厳しい条件が課せられるため、三八歳から四〇歳が目安となっている。

しかしながら新機種の場合に限っては、人員不足を解消することが先決のため、航空法に準《じゅん》拠《きょ》する範囲で、社内での飛行時間を短縮することになった。

野城は、保護者であり日スタの幹部でもある江崎からいち早くその話を聞いてはいたが、気持ちは揺れなかった。もちろん大澤がダッシュ三〇〇に移行すれば話は別だが、現在国際線パイロットの主軸的存在である彼に限って、それはありえない。

機長昇格の時期が早まる可能性について、まるで心惹かれないわけではない。でも野城の決意は固かった。

「高久は、新機種に移行するつもりはないのか？」

「ない。俺はダッシュ四〇〇で、長距離国際路線を飛びたいんだ」

「やっぱりそうか」

中山は天井に向かって、諦《あきら》めたような言葉と共に煙を吐き出した。

「英輔は三〇〇に変更するんだろう？」

野城が問うと、中山は長くなった灰を灰皿に落としたあともう一度煙を吸ってから、ゆっくりと「そのつもりだ」と答えた。

ダッシュ三〇〇は、ハイテクジャンボと言われる七四七シリーズよりも、さらにハイテク化が進んでいる。世界最長のボディにスリムな外観。コックピットや胴《どう》回りにも最新技術が装備されていて、これまでとは違った操縦方法に感動を覚えることを、野城も一度だけ乗った最新のシミュレーター訓練で体験している。

「俺もさ、ものすごく悩んだんだ。高久は絶対変更しないだろうと思ったし、…俺もどうせなら国際線の長距離を飛びたいと思っていた。でも、この間三〇〇の実機のオブザーブをさせてもらったら、もうこれは変更するしかないって感じがしてさ、やっと決めることができた」

「そっか。頑張れよ」

中山の決意になんとなく複雑な気持ちになる。一方中山も野城の言葉に頷いてはいるが、表情は曖昧《あいまい》だ。

同期の二人は、厳しいパイロット訓練時代を一緒に過ごした。この時期を共に乗り越えたからこそ、互いに分かり合えるものがある。苦しいことがあっても、共に乗り越えよう。一緒に空を飛ぼう。ずっとお互いを励まし合って、今日まで来た。互いに素直に喜べない気持ちが存在するのは、やむを得ないことだろう。

けれどここから先、同じパイロットでも二人の進む道は、少しずつ異なっていく。

「実は、もう一つ話があるんだ」

「悪い。もうタイムリミットだ」

中山の口ぶりからそちらの方の話が本題だろうが、すでに時間だ。

「だったら、次のオフ、いつ？　タイミングが合えば、久しぶりに一緒に飲まないか？」

「オフは来週の月曜日。日曜日の羽田戻りが、一九時半予定だ」

「だったら、タイミング、ばっちり。俺も同じで月曜休み。ただ、日曜日の戻りが二〇時一五分なんだけど……」

「いいよ。そのぐらいなら。大森《おおもり》のいつもの店に先に行って待ってる」

困った表情を見せる中山に、野城は笑顔で応じる。実機に乗り始めてからは仕事の都合ですれ違いが多くて、こうして飲みに行く約束をするのも久しぶりなのだ。

「本当か！　絶対だぞ。約束だからな」

「ああ。もちろん。じゃあ、日曜日の夜に。ナイスフライトを！」

「高久も」

帽子を被り直し、ステイバッグを持ってブリーフィングに向かう野城を、中山は敬礼して送り出す。それに野城も敬礼で返す。

学生時代とまるで変わらない中山の笑顔に、野城はほっとしていた。


東京発札幌行き日スタ六一便は、正午発一三時三〇分着予定。飛行時間は一時間半を予定している。

パイロットは出発の一時間半前にフライトコントロールセンター内にある運行管理室を訪れ、その日の飛行に関し打ち合わせを行う。

現在国内を飛んでいる飛行機はほとんどがオートマティック化され、基本的に二人体制で操縦を行っている。コックピットには操縦席がふたつ用意され、そのどちらにも同じ装置が備えられている。基本的に左側の席、レフトシートに機長が座り、ＰＦ（パイロット・フライング）と呼ばれ、そのＰＦを補助する人間は、右側の席に座り、ＰＮＦ（パイロット・ノット・フライング）と呼ばれていた。

本日野城の乗務する機のPFはベテランで、同乗するのは初めての相手だった。白いものが混じった髪に、亡くなった父親の姿が重なる。

「機長の深谷《ふかや》です、はじめまして。野城くんのことは江崎さんからよく聞いています。今日はよろしく」

「こちらこそよろしくお願いします」

優しい笑顔の機長と握手をしてから、カウンターに向き直る。ディスパッチャーである菅谷《すがや》靖彦《やすひこ》は、今日の航空路を地図で示し、エンルート上の天気に関する情報を提供してくれる。

「梅雨《ばいう》前線の影響は特にありません。搭載《とうさい》燃料は……」

ディスパッチャーは日スタすべての飛行機の運行管理を行い、飛行計画書の一切を取り扱う人間のことをいう。この飛行計画書を管制に提出し承認(ATCクリアランス)を受けなければ、飛行機は一切《いっさい》飛ぶことができないのだ。

「この時期、梅雨のない北海道は気持ち良いでしょうね。では今日も安全に気をつけて、行ってらっしゃい」

気象予報士の資格も持つ、日スタの「お天気番」と呼ばれる菅谷は、優しい笑みで、野城と機長の深谷を送り出す。下の階ではCAのブリーフィングも終わっているようだった。

二人は徒歩で羽田空港内に入り、搭乗《とうじょう》予定の機体が入っている駐機場に向かう。

「今日のエクステリア・インスペクション、野城くんに任せても構わないかな?」

「はい。機長さえよろしければ、喜んでやらせてもらいます」

満面の笑みで野城は応じ、パッセンジャーボーディングブリッジの脇にステイバッグを下ろした。

出発時刻が一時間後に迫った機体の回りでは、大勢の人が忙しく作業をしている。機体の下から燃料を補給し、荷物を運び入れ機体内の清掃を行う。細かく分業された仕事を、プロが手際良くこなしていく。

野城は彼らの仕事を眺めながら、機体の外部点検を行う。インスペクションルートと呼ばれる方式に従い、機体の外見を簡単な目視《もくし》により点検し、オイル漏《も》れやタイヤの状態、外部の損《そん》傷《しょう》を中心に確認していくのだ。つまり整備士に任せるのでなく、操縦士自ら乗務する機体の安全性を、自分の目で確かめるのだ。

普段乗っている機体の腹辺りの下に入り込むと、ジャンボと呼ばれる飛行機の大きさを野城は改めて実感する。総重量四〇〇トンにも及ぶこの巨体が実際に鳥のように空を飛ぶ姿を、果たして昔の人は想像できただろうか。

「でっかいよなあ……」

「野城さん」

ノーズギアを点検していると、名前を呼ばれる。咄嗟に振り返ろうとして、野城は頭の横にある機体に思い切り額をぶつけてしまう。

「痛っ……」

瞬間的な衝撃に、目から火が飛び散るような痛みを覚え、額を両手で覆ってその場に蹲《うずくま》る。

「何、やってんです。大丈夫ですか?」

遠くで聞こえていた声が、野城の頭のすぐ上に移動していた。目尻に涙を浮かべたまま顔を上げた野城は、太陽の陽射しを背中に浴びた背の高い男に気づく。

「君は確か…」

「グランドハンドリングマンの田中正勝《たなかまさかつ》です。トーイングカーの準備を手伝っていたら野城さんの姿が見えたんで、声を掛けたんですが……」

脱色して金色に光る髪がキャップの前から覗いている。掛けていたサングラスを外して胸ポケットに入れるとその場にしゃがみ込み、野城の額を確認する。

「あーあー。赤くなってますよ。砂糖があれば腫《は》れないように塗り込んであげるんですけれど」

そう言いながら、田中はおもむろにそこに舌を伸ばしてくる。

「な、な、何を、するんですか」

驚いた野城は、その場に尻餅《しりもち》をついた。

「何をって、痛いの痛いの飛んでいけって。やりませんか?」

田中は相変わらず楽しそうな笑みを浮かべたまま、野城に大きな手を差し伸ばしてくる。作業服を捲《めく》った袖から覗く逞しい腕は、綺麗に小麦色に焼けている。田中の手と比べると、自分の手など子どもの手ほどの大きさしかない。
「子どもの頃にはやりましたが……」
「そういうもん？　祐は今も、俺が怪我するとやってくれるけど」
立ち上がった野城の耳元まで頭の位置を下げた田中は、あっけらかんとした口調で言っての
ける。野城は思わず目の前の男の顔を見つめる。だが、まるで普段と変わらない田中の様子に、
小さなため息を吐いた。
野城より二歳年下の田中正勝は、日スタ系列の、グランドハンドリング専門会社である日ス
タ事業に所属している。着陸した飛行機をランプの定位置まで誘導するマーシャリングの腕は
見事で、多くのパイロットから支持されている。
噂に聞いていた男と、野城は一度だけ、一緒に飲んだことがある。
どういう繋がりかは知らないが、若くておおらかな青年と、美貌の管制塔のラプンツェルこ
と松橋祐は恋人同士だという。
まるで作り物のように美しい松橋が、怪我をした田中に「痛いの痛いの飛んでいけ」とやっ
ている姿は、野城の理解の範疇《はんちゅう》を越えている。
「君たちがどうかはともかく、普通は三〇近い男に対してそんなことをする人はいません」
野城は自力で立ち上がり、スーツについた埃《ほこり》を払う。
「そうかな。まあ、別にいいけど。とりあえずその額、薬を塗っておいた方がいいと思います

よ。本当は湿布《しっぷ》貼った方がいいけど、場所が場所だから、多分、青痣《あおあざ》になると思う」

最後、田中は僅かに笑う。

「君は俺のことを揶揄《からか》いに来たのか？」

「そういうわけじゃないですよ」

むっとした口調で野城が言うと、田中は慌てて否定し、キャップのつばを横に向けて肩を竦める。

「ついさっき、ダーイング社でフライトテストをやってたダッシュ三〇〇が、スポットファイブに入ってきたとこなんです。特別にカラーリングされた機種だから、もし知らなければお教えしようと思ったんです」

「ダッシュ三〇〇？」

「実物、見たことありますか？」

「いや、ない。どこにいるの？」

田中の言葉に、野城は真顔になる。

機体の見える場所まで野城の腕を引っ張っていき、田中は肘《ひじ》まで作業服を捲った右手を真っ直ぐ前に伸ばした。

「あそこです、あの管制塔の右側。水平尾翼《すいへいびよく》が見えませんか？」

そして指差された先に、新機種のトリプルセブンの姿が見える。

日スタ用七七七―三〇〇の初号機《しょごうき》は、アメリカで様々な厳しい飛行テストを繰り返すことにより、旅客機としての承認を得た、記念すべき機体である。従来の二色のブルーのストライプのカラーリングではなく、柔らかな波や風をモチーフに描かれたブルーラインが、なんとも優しい雰囲気を醸し出していた。

「さっき俺がマーシャリングしたんですけど、ダッシュ四〇〇やこれまでのトリプルセブンより、遥《はる》かに機動性に優《すぐ》れた機種ですね。野城さんは、あの機体の操縦はしないんですか？」

「え……っ」

「田中！　何やってる？」

「はい、すぐ行きます。すみません。仕事中に話しかけて。また今度、祐と一緒に飲みに行きましょう。俺、結構野城さんのこと、気に入ってんですよ」

田中はそう言って、持ち場へ戻っていく。

「気に入ってる、か」

田中の言葉を繰り返しながら、もう一度ダッシュ三〇〇の美しいフォルムを脳裏《のうり》に刻む。美しいフォルムに、優れた操縦性を誇る新しい機種を、操縦したいという気持ちがまるでないわけではない。

でも野城の決意は揺るがない。

大澤とともに国際線の空を飛ぶ、その夢を胸に乗務するシップの残りの点検を済ませて、急いで機体に乗り込んだ。

コックピット内では、すでに深谷がプリフライトチェック（飛行前点検）を済ませ、乗務員のブリーフィング準備を始めていた。

「遅くなってすみません」

「今来た彼が、今日の副操縦士の野城高久くんです」

深谷の言葉でCAの目が、一斉に野城に向けられる。野城は慌ててその場で足を止め、帽子を取って頭を下げる。

「野城高久です。お願いします」

甘い香りをさせているCAと深谷と横に立つ。この瞬間は、いつも緊張する。クルー全員でブリーフィングを始め、ディスパッチャーと打ち合わせをした本日の飛行に関する情報を報告した。

コックピットに戻るとライトシートに座り、ヘッドセットを装着し感度を確認してから、機器類のチェックを済ませる。続けてコックピットチェックリストの確認を終わらせたところで、地上クルーからの連絡が入った。

『コックピット、グラウンドです。五分前が出ました』

「五分前、了解です」

野城はシートベルトを確認し、サングラスを装着した。さらに機長に確認してから、管制塔に五分前の承認を取る。

『日スタ・シックス・ワン、東京タワー、ラジャー』

聞こえてきたのは、とても耳に馴染《なじ》みの良いなめらかな英語だった。田中に会った直後にこの声を聞くタイミングに、野城は思わず苦笑する。

「松橋くんの声だね」

深谷も管制塔から聞こえてくる声の主に気づいて、微笑みを浮かべていた。野城はそうですねと相槌《あいづち》を打ってから、先の無線を続けた。羽田をベースに仕事をするパイロットの中に、この声の主が松橋祐という男だと知らない者がいたら、それはモグリだろうと言われている。そのぐらい、「管制塔のラプンツェル」こと航空管制官の松橋の声は有名なのだ。

パイロットになったばかりの頃、その異名に違和感を覚えた。だが、緊急時に無線を通じ落ち着き払った声を聞いてから、異名の本当の理由が納得できた。

松橋の透き通るように落ち着いた低い声には、聞いている者の心を安心させる作用がある。

管制とのやりとりを済ませたのち、深谷と野城はテイクオフブリーフィングを行い、プッシュバックを申請する。何重ものチェックを終えてやっと、日スタ六一便は定刻《ていこく》に羽田空港を飛び立つことができる。

一二時五分。滑走路をV2と呼ばれるスピードで走っていた飛行機が、ふわりと浮遊する。

重力に逆らうこの瞬間の感覚は、セックスのときの快感に似たものがあると野城は常々《つねづね》思っている。

もちろん操縦桿を握っているときには真剣そのものだが、大澤の腕の中にいると思うことで、いらぬ緊張を取ることができる。

「今日もいい天気だ」

深谷は機体を旋回《せんかい》させながら、ゆっくりと青い空へ向かって上昇させていく。どこまでも透き通って見える空に、吸い込まれていくようだ。

この一瞬こそ、パイロットの醍醐味《だいごみ》だ。

「本当に、そうですね」

朝までの時間が嘘のように、現実の時間が過ぎる。来週の月曜日に訪れるオフまで、野城の空の仕事が始まるのだった。

七月になって、梅雨の時期に突入したためもあり、雨の日が増えた。

その週も水曜日から雨が降り出し、降雨量《こううりょう》はさほどではなかったが、週末まで傘《かさ》が要《い》らない日はなかった。

そして訪れた日曜日、野城は福岡往復便の仕事を終えると、雨の中、大森駅から歩いて一〇分程度の場所にある、居酒屋へ向かった。

かつて、養成時代中山と毎日のように訪れた場所だ。

顔馴染みの店主はTシャツにジーパンというラフな格好の野城にすぐ気づき、頼む前から生ビールを出してくれた。

「久しぶりだね。これは俺からの奢《おご》り。一人？　中山さんは？」

「もう少ししたら来ると思います」

店主と簡単な挨拶《あいさつ》を交わし野城は奢りのビールで喉を潤《うるお》す。気温はさほど高くないが、湿気が高くて汗で湿《しめ》ったTシャツが背中に張りついて気持ち悪かった。

中山は野城の到着よりもほぼ一時間弱遅れの九時近くにやって来た。

走って来ただろう中山は、肩で荒い息をしながら、額に浮かんだ汗を無造作に手で拭う。

「悪い。待たせた。着陸んとき、前の機体がゴーアラウンドしてさ、ディレイになった」

ディレイ。すなわち、到着が遅れたということ。

「お疲れ。ずいぶん濡れてるけど、雨、強くなったのか？」

「本降りになった。しばらくは続くらしいよ。一旦うち帰って着替えて正解。こんなんで制服着てたら、一体どうなってたか。マスター、まず生、一杯」

中山のビールがくるのを待って、まず乾杯をした。

「んー、うまい！　やっぱり仕事のあとの一杯だよな。たまらん」

中山はゴクゴクと半分ぐらい飲んだ。

「なんだか英輔。ちょっと会わない間に、ずいぶんと親父臭《くさ》いこと言うようになったな」

大袈裟《おおげさ》に口を拭う中山を、野城は揶揄する。

「なーに言ってんだ。俺は前からこんなだよ。それにしても、久しぶりだよな。何度か空港で顔を合わせてるけど、高久とこうやってサシで飲むの、いつ以来だろう?」

「年明けに同期で飲んだけど、二人だけは…去年の冬以来かな?」

野城の言葉で二人は、同じ日のことを思い出す。

酒癖の決してよくない野城は、あのときも、酔い潰《つぶ》れた。その野城と先輩パイロットの仲を知るため、そして自分自身の気持ちに踏ん切りをつけるために、中山は自分から連絡をした。

そして野城を迎えに来た大澤の言動に中山は彼らの仲を実感し、さらにずっと続けてきた野城の保護者を卒業することにした。

以来、なんとなく互いに距離を覚えたまま、半年以上の日々が過ぎてしまった。

「この一週間、仕事の方はどうだった?」

野城は二人の間に落ちかけた沈黙を破るべく、わざと明るい声を出した。

「特に変わったことはないな。雨で若干《じゃっかん》出発時間が遅れたんで、到着が遅れたけど、それ以外には……。フライトの合間にCAからちょっとした噂を手に入れたぐらいかな、収穫は」

「ちょっとした噂?」

野城に応じながら煙草を咥える中山に、野城は持っていたライターを向けた。驚いた様子を見せながらも、中山は「サンクス」とくぐもった声で応じる。

「いや、それはあとでいいんだけどさ。この間の昼に会ったときにしようと思ってた肝心《かんじん》な話、先にしちゃうよ。高久、酔っ払うと話にならなくなるから」

「失礼だな」

野城は本気でなく、少しだけ怒った口調になる。

「肝心な話なんて言っても、半分ぐらいは高久と飲むための口実なんだけどさ」

中山はあっけらかんと野城の酒癖を口にして、忙しく料理に箸を伸ばす。

「杉江《すぎえ》さん。最近どうしているか知ってるか？」

「い、や」

その名前に、一瞬の間を置いて野城は首を左右に振る。

「実はさ、アノ人、例の謹慎《きんしん》を食らったあと、簡単なＯＪＴ（職業内訓練）を受けて仕事に復帰することになっていたらしいんだけど、どうやら今、三〇〇の方で機長昇格を狙《ねら》っているらしいんだよ」

「へえ……」

野城の頭の中に、杉江の顔と同時に先日田中に教えてもらった特別なカラーリングを施《ほどこ》された新機種の姿が浮かぶ。

中山はグラスが空《から》になると、即《そく》次のビールを注文する。明日は二人ともオフのため、今日だけは無礼講《ぶれいこう》だ。

パイロットは搭乗する前の一定の時間、飲酒を制限されている。会社によって多少の差異はあるが、日スタは一二時間前が限度とされている。だからオフ前日ぐらいしか、思う存分に飲めないのだ。

「どこでその話を聞いた?」

「人事。江崎部長じゃないよ、言っておくけど。二年前に入った女の子で可愛い子がいてさ、その子たちと飲む機会があって……」

「なるほどね」

楽しそうな中山の言葉で、野城は状況を理解する。最近CAたちから人気があると噂には聞いていたが、あながち噂だけではないのかもしれない。

「でも、杉江さんの代にまで、機種変更の話が出るなんてびっくりだ」

「それがどうやら、自分から人事に申請したって話なんだ」

「なんで?」

「ダッシュ四〇〇の方だと、順調に行っても機長昇格まで五年はかかるはずだろ? ただでさえこの間のことがあるから、あの人の気持ち、わからないでもないんだ。シミュレーターやOJTで何度か杉江さんと乗務したことがあるんだけど、ダッシュ四〇〇当時から、操縦技術については高く評価されてたって噂には聞いていた。実際隣りで操縦しているところを見ると、それはもう、すごいよ。さすがに大澤さんと航空大学時代にライバルだっただけある」

中山は興奮気味で、杉江のことを語る。

杉江は、下の名前を空哉《くうや》という。妹は飛鳥《あすか》という名前で、ベテランの域《いき》に入りかけた日スタの優秀なCAだ。彼ら兄妹《きょうだい》の父親が大の空好きで、空にちなんだ名前がつけられたらしい。

その杉江は大澤や松橋の航空大学時代の同期で、現在日スタの副操縦士を務めている。

学生時代は仲が良かったらしい。しかし卒業前に、大澤と杉江との間で諍《いさか》いが起きた。以後、二人の仲は戻っていない。そのためか引き抜かれた直後からずっと、杉江は大澤に何かにつけて突っかかっていた。

ユニバーサルエアラインから日スタに来た当時、大澤に対する評価は、会社上層部で見事に二つに分かれていた。江崎ら賛成派と、昨年末に退職した片瀬《かたせ》機長を筆頭にする、反対派。それはパイロットたちにも波及《はきゅう》し、杉江は片瀬側についていた。

野城と大澤の過去の因縁さえも、杉江は摑んでいた。おそらく、大澤の排斥《はいせき》、ひいては江崎らの失脚《しっきゃく》を目論《もくろ》み、着々と計画をしていたのだろう。

そんな最中《さなか》である、昨年の一二月下旬。

日スタ七四便札幌新千歳《しんちとせ》空港発羽田着の便は二〇時半発、二二時着を予定していた。PFは片瀬、PNFを大澤が担当していた。当初オブザーブ予定だった中山に頼み込んで、野城も同機に乗っていた。

機種変更の勉強のために、オブザーブ乗務をした野城にも、片瀬はつっけんどんな態度を取った。まさに一昔前のワンマン機長であり、管制との連絡も自分で行い、すべてを一人で進めたのである。野城の言葉はもちろん、大澤の言葉にも一切耳を貸そうとしなかった。

新千歳を飛び立ったときに起きた車輪異常のサインさえも独断で「何事も起きていない」と言い張った上、いざ到着間近になると、急性の胃潰瘍《いかいよう》で操縦不可能な状態に陥った。さらに運の悪いことにランディングギアの一つが下りてこないことが判明した。

野城は急遽《きゅうきょ》ライトシートに座り、大澤を補助する立場になった。胴体着陸もやむをえない最悪の状況の中にありながら、レフトシートに座った大澤は非常に冷静沈着《ちんちゃく》に地上との連絡を取り続けた。

一歩間違えれば大惨事にもなった故障を、大澤は死傷者ゼロで乗り切り、一躍《いちやく》有名人になった。さらにかねてより懸念《けねん》されていた片瀬のワンマンぶりが、この事故により社内で問題になった。手術後、片瀬は自主的に会社を退職し、片瀬に荷担《かたん》していた幹部、社員に対しても、それなりの処分がなされた。もちろん、退職までする者はなかったが、降格《こうかく》処分や訓告《くんこく》、さらには注意など、様々だった。

杉江については、大澤に対する、ディスパッチャールームでのパイロットにあるまじき発言等が問題になり、配置異動《いどう》の話も出ていた。大澤本人の直訴《じきそ》によって、一か月程度の謹慎、減《げん》俸《ぼう》の上、再度パイロットとしての適性試験やＯＪＴを受けることで免《まぬが》れたらしい。

野城の知る限り、大澤と杉江の間には、当事者でなければ理解できない関係が存在しているのだろうと思うようになった。

松橋とのことも杉江のことも、いつか、大澤の口から聞く日が訪れるだろう。そう思って野城はこれまで、大澤に何も聞いたことはない。

今、杉江のその後の話をわざわざ中山が持ち出したのは、事故後の処分について、中山と二人で話をしたことがあったからだ。中山は当然、杉江がベース異動になると思っていたクチだ。でも野城はすでにそのとき、大澤の口添《くちぞ》えがあったことにより、謹慎処分で終わったことを知っていた。中山はその後も、杉江の動向《どうこう》を気にしていたようだ。

だからこそ中山は、杉江が機種変更してきた事実を野城に伝えたのだろう。

「……で、さ、高久、聞いてるか？」

肩を叩かれ、野城はふっと我に返る。横に中山がいることを忘れ、自分の中に入り込んでいたらしい。自分を睨む中山の顔に苦笑する。

「悪い、ちょっとぼんやりしていた。それで、何？」

「なんかな、杉江さん。操縦技術についてすごくて、色々見直すところがあったんだけど、中身の方は、あんなことがあったから少しは落ち着いたかと思ってたのに、全然変わってないんだよ」

「変わってないって、何が」

中山の言葉で、野城の心臓がどきりと鼓動する。

「そりゃもちろん大澤さんに対する態度だよ。さすがに前ほどまであからさまじゃなかったけど、シミュレーター訓練の合間に喋《しゃべ》っていたときに大澤さんの話になった。そしたらもう、敵意丸出しになったんだ。さすがに教官たちの前では大人しくしていたけどさ、何をどう反応していいかわからなくて、ため息ついちゃったよ」

「そうなんだ……」

「あと、さ。俺、お前のことをちょっとだけ聞かれたんだ」

「俺の何を?」

「交友関係とか性格とか……、当たり障《さわ》りのないことだったんで、俺も適当に答えてはいたんだけどさ」

野城が杉江の顔をまともに見たのも、その声を間近に聞いたのも、ただの一度だけしかない。濃い霧《きり》のため、成田から羽田にダイバーションしてきた飛行機に乗務していた杉江は、文句を言いながらディスパッチャールームを訪れた。そこで野城は言い合いをする杉江と大澤の二人と、出くわしてしまったのだ。

どういういきさつかは知らない。だが、大澤を、事故機のパイロットの息子だということで罵倒《ばとう》し、挙《あ》げ句《く》に野城の顔を見てこんな台詞を憎々しげに吐き出したのだ。

『加害者と被害者の子どもが、二人しておんなじ会社にいるなんて、皮肉な話だよなっ』

その言葉に、野城は傷ついていない。しかし、それを野城が聞いたことで、大澤が悲しそうな表情で自分を見つめたのが何よりも辛かった。当時すでにその事実を江崎から聞かされて知っていた。けれど、大澤にとってはすべてが終わるぐらいに、衝撃的な瞬間だったのだろう。今でもあのときの大澤の瞳を思い出すと、胸がどうしようもないほどに痛む。

そのためもあり、野城の中で杉江という男は、よい印象がない。

そんな杉江が野城のことを気にする理由は、大澤との関わり以外に考えられない。大澤と過去の事故による因縁を持つ野城に、杉江はどんな興味を持ったのだろうか。

杉江は、自分が異動にならなかった理由を、大澤の口添えのためだとは知らないのだろう。大澤が自分から言うわけがなく、さらにその事実を知っているのは上層部の人間だけだ。だからこそ杉江は相変わらずの態度でいるのだ。

それが許せない。

大澤の気持ちも知らず、好き勝手に大澤を責める。自分がその場にいたら、すべてを明かしてやりたいところだが、大澤はそんなことを望まないだろう。

中山の言葉に複雑な気分になりながら、野城はグラスに残っているビールを一気に飲み干す。

『くれぐれも酒を飲むときには、気をつけるように。俺がいない場所では絶対、酔っ払わないようにしてくれ』

今朝の別れ際《ぎわ》大澤が言っていた台詞を思い出すものの、制御《せいぎょ》はできない。

大澤とは来月、彼がシックスマンスチェックで羽田を訪れるまで会えない。

自分さえ黙っていれば、自分が誰かと酒を飲んで酔ってもばれることはないし今夜の相手は他でもない中山だ。

五年以上もつき合いのある友人が、よりにもよって自分相手に欲情するとは思えないし、自分が彼を誘うとも思えない。自分のことがわかっていない野城は、「もう一本ビールください」と注文する。

「なんか高久、前よりも、酒、強くなったんじゃないか?」

「自分では意識したことないけど、この間江崎さんにも言われた」

「保護者に言われるってことは、本当に強くなったってことだろう。それなら安心して俺も飲めるよ」

中山はほんの少し揶揄するような口調で言って、空になったグラスを持ち上げた。

「安心してって、どういうことだ?」

「言葉のとおりの意味だよ。おやっさん、もう一本、追加お願いします!」

仕事明けで調子づいている中山は、大きな声で酒の追加を注文する。すぐ運ばれてきたビールをグラスに注ぐ。白く立ち上がる泡《あわ》を見つめながら、野城は口を開いた。

「俺、これまでに酔っ払って、中山に迷惑かけたこと、あるか?」

「何を言ってんだよ、いまさら」

まるで水のようにビールを飲みながら、中山は相変わらずな口調で応じ、大きな手で細い肩をばんばん叩いてくる。

「苦楽《くらく》を共にした親友じゃないか。キスの一回や二回や三回や四回や五回や六回。減るもんでもないし、腐《くさ》るもんでもない。もちろん高久相手じゃなくて他の奴が相手だったら、二、三発殴《なぐ》っているところだけどさ」

中山の言葉は本気か冗談かよくわからない。でもそう言って新しく運ばれてきた酒を飲み干す。追及を許さずに明るい口調で語る様子に、自分の酒癖を実感させられる。酔って訳《わけ》のわからなくなった自分は、大澤にも言われたとおり、誰彼構わずキスをするのだろう。そんな野城の癖を知っていたからこそ中山は、飲み会の席には常に可能なかぎり顔を出し、野城がボロを出さない様《よう》に気をつけてくれていたに違いない。

「中山……」

「んー、なんだよ、改まった顔してさ」

自分はどんなことを、これまでに中山にしたのか。意を決していざ尋ねようとするものの、出会った頃からまるで変わらない、おおらかで屈託《くったく》のない笑顔を見つめていると、何も言えなくなってしまう。

きっと何度聞いても口を割らないだろう。

「あ、のさ。えーと、さっき言ってた、仕事で仕入れた噂って、何?」

だから急遽、話題を変える。

「ああ、噂ね。全然大したことじゃないし、根も葉もないまるっきりの噂でばっかみたいな話だけど、いいか?」

「すごい言い方だな。でも、そこまで言われると、何がなんでも聞かなくちゃって気になる」

「どんな話でも冗談で流せよ。本気にして怒るな? いいか」

中山は真剣な顔で野城にそれを約束させる。

「実はこれも杉江さんがらみの話でさ、でも杉江は杉江でも、妹の飛鳥の方の話。今年になって彼女、国際線に異動したじゃないか。その理由ってのが、最近国内線CAの間で噂になっているらしいんだ」

「へえ……」

平然と頷いてみせながら、野城の心の中が少しざわめく。

杉江飛鳥という女性は大澤に派手なモーションを掛けていることで非常に有名なのだ。

美人が多いと言われる日スタCAの中でも、一際目立つ。一六八センチ、目鼻立ちがはっきりしていて、気の強そうな目元は兄とよく似ている。

性格は快活で、男っぽい。

仕事に対する評価は高く、彼女の話す英語は実に綺麗な発音だ。典型的二枚目である大澤の横に立って、圧倒的な迫力に負けないだけのインパクトを持っている。

「健……大澤さんを追いかけていったっていう話は聞いている」

「うん、それがさ、最近の噂だと、もっと突っ込んだ話があるらしいんだ」

中山はいつぞや、大澤の引き抜きの情報を話したときのように、ほんの少し得意気《とくいげ》な口調になる。

「もっと突っ込んだ話って？」

鼓動が強くなる心臓に軽く手をやって、野城は小さく深呼吸をしながら、中山に先を促す。

「どうやら今回は、単に彼女の思い込みじゃなくて、大澤さんについてこいと言われたからっていう話らしいんだよ」

「……何、それ」

急激にアルコールが体内を巡《めぐ》り出した。野城の頭の中で、注意を促す信号が点滅を始める。

「飛鳥のことを好きなとある若手パイロットが、彼女に交際を申し込んだら、決まった相手がいるからと断られたらしい。もちろん彼女は相手が誰か言わなかったらしいけど、話を聞くかぎり、大澤さん以外に思えなかったたって」

大澤という男が男女問わずもてることは知っている。最初のときから、セックスする対象が男だと言っていたが、かといって、絶対女性を相手にできないとは言っていない。

さらに飛鳥は、国内線に乗務している当時から、周囲にわかるほどあからさまにモーションを掛けていた。にもかかわらず彼女に対して大澤は特別親切にしていないかわり、邪険《じゃけん》に扱ってもいない。

『俺の心の中には高久以外の人間は存在しない。他の誰の姿も、入ってはこない』

大澤の誓いにも似た言葉が、野城の耳の中でこだまする。ポーカーフェイスが崩れ、照れた

ように顔を覆い隠す姿を見たのは、いつのことだったか。

「それでな、彼女、大澤さんと寝たことがあると自慢してるらしいんだよ」

だが野城の幸せな気持ちは、中山の言葉で突然に崩されていく。

「え……?」

「大澤さんは大澤さんで、誰かとつき合っている気配をまるで見せないだろう? だから、噂

が噂を呼んで、今じゃどんどん信憑性《しんぴょうせい》を増してってるらしいんだ」

中山は野城の様子に気づかず、大口を開けて笑いながらビールを空ける。

「俺が仕入れたばかばかしい噂ってのは、これで以上。な、ここまでくると、さすがに笑える

だろう?」

中山は細い肩を笑いながら叩いてからやっと、野城が真っ青な顔をしていることに気づいた。

「高久? どうした。酔ったか?」

「いや……」

心配させまいとするが、どうにも胸が気持ち悪い。

「顔、真っ青だ。調子に乗って飲ませすぎたな……立てるならトイレ行くか。それとも水をもらうか？」

慌てた中山が、背中を擦《さす》ってくる。その大きな掌の温もりで、野城の全身に鳥肌が立つ。

「高久？」

「……ごめん。俺、帰る」

野城は僅かに残る理性の中で上着のポケットから財布を取り出し、無造作に一万円札を机の上に置いた。それから荷物を持つ。

「どうしたんだよ、突然に。高久」

慌てる中山を待たずに店の外に出ると、タイミングよくタクシーがやってきた。

「すみません。千歳烏山《ちとせからすやま》までお願いします」

急いで乗り込み背もたれに背中を預けると同時に、窓ガラスを叩く音がする。はっとして顔を横に向けると、そこには中山の顔があった。

「何やってるんだよ、高久。降りろ」

「お客さん、どうします？」

「すみません。ちょっと…」

さすがにここで中山を振りきったら、自分は最低だ。

中山の前に立った。

「俺、なんか高久の気に障ること言ったか？」

怒って当然の状況で、必死に堪えている。そんな中山の顔を真正面から見る勇気がない。

「……言ってない。ごめん。嫌な気分になっただけだ。英輔のせいじゃない」

「嫌な気分になったのは、俺の言葉のせい？　もしかして、杉江飛鳥のことか？　そんなの、嘘だってわかってるから、言ったに決まってるだろう。そうじゃなかったら、どうして俺がそんな話をすると……」

「嘘かどうかなんて、本人じゃなければわかるわけないだろう」

半ば呆れた様子の中山に、咄嗟に野城は言い返してしまう。

「落ち着けよ。大澤さんがお前に黙って、飛鳥とつき合うわけないだろう」

その中山の言葉に、野城は喉まで出掛かっていた言葉をそのまま飲み込んだ。心の中で浮かんでいた事柄が、具体的な形となっていく。

「やっぱり知ってんだ。俺と大澤さんのこと……」

先ほど心に封じた問いを口にする。中山は一瞬、自分が口にした言葉に狼狽《うろた》える。だがすぐ、勢いでタクシーに再び乗り込もうとする野城の腕を捕らえ、扉を手で押さえる。このまま話を終らせるわけにはいかない。

「そうだよ。知ってる。当たり前だろう」

「何が当たり前なんだよ」

「俺だってお前のこと、ずっと好きだったんだ。その好きな奴が誰を好きなのか、知ってて当たり前だって言っているんだ」

「え……？」

中山のどさくさ紛《まぎ》れの告白に、完全に動きを止める。そして、野城は呆然《ぼうぜん》と目の前の同期の顔をじっと見つめた。

背筋がすうっと寒くなり、膝が震える。懸命に絞り出した声が震える。その瞬間、中山の表情にも動揺が生まれる。

「……いつから」

常に自分を見つめてくれていた男の瞳が何を語っていたのか、ずっと気づかずにいたのか。無邪気に酔って甘えキスをする自分を、どんなつもりで見ていたのか。

「そんなことを知ってどうするんだ。もう、どうでもいいじゃないか」

中山は無理矢理話を終わらせようとする。しかし野城はそんな中山の袖を掴み、強情にも首を左右に振った。

「どうでもいいことだったら、どうして今、そんなことを言ったんだよ」

「しょうがないだろう!?　いつからなんて、そんなの俺にだってわかんねえよ。気づいたら好きだった。自分の気持ちに気づいたのは、酔っ払った高久がキスしてきたときだ。野郎にキスされて、嫌じゃないと思ったときには、もう遅かったよ。お前の唇の下にあるホクロを見るたび、どうしようもなくなった。お前が俺のことを親友だと思って甘えられればられるほど、辛くなった時期もある」

野城の中で、説明のつかない感情が渦巻《うずま》いていた。己に対する憤《いきどお》りや困惑、そして、中山に対する申し訳なさなど。そんな感情のすべてをぶつけると、中山もまた堪えていただろう感情を爆発させる。

「でも俺はその時期を乗り越えて、今もお前のそばにいる。お前と親友であり続ける道を選んだんだ。それでいいだろう」

中山は、自分の袖を摑んでいた男の腕を逆に握り返した。

「英輔……」

中山の哀しいまでに真剣な言葉に、どうしようもなく苦しくなった。

「今はもう、どうこうしようなんて思ってない」

重たい吐息とともに吐き出される言葉が、どしりと野城の胸に伸し掛かってくる。

激しいまでの罪悪感と不安が、心を苛《さいな》み始める。

野城は中山の手から逃《のが》れてタクシーに乗り込む。

「高久」

慌てた中山は再び野城を呼ぶ。でも今度はそれを無視する。

中山は何度も窓を叩いていた。だがそんな中山を正視《せいし》することができずに顔を逸らし、運転席に訴えた。

「運転手さん、すみません。行ってください」

「高久っ！」

走り出す車の後ろで、中山の姿と声はすぐに小さくなる。野城は車の中で、背中を丸めて両手で耳を押さえていた。

心が揺れていたのは、中山の告白のためだけではない。彼から聞いた飛鳥の話が心の中で渦巻いている。

大澤と会っていたのは、ほんの一週間前のことだ。優しい腕に抱かれ、恥ずかしくなるぐらい気障な台詞に幸せの絶頂にいた。

それが、今はどうしようもないほどに揺れ動いている。

大澤が自分に告げた言葉に、嘘はないと信じていた。

こんな状況だからこそ、大澤の言葉を信じなくてはならない。それなのに野城の思考は定まらなかった。

大澤の口からは、飛鳥の話をまるで聞いたことがない。もちろん飛鳥が国際線に異動した理由は、中山に聞く前から噂に聞いていたが、それ以上のことは初耳だった。

大澤は本当に飛鳥を誘ったのか。

大澤を九九パーセントは信じている。しかし残りの一パーセント、疑いの心が消えてなくなることはない。

アルコールの酔いのせいもあるのだろう。思考は悪い方へと下降していく。勢いづいた考えは、次から次へと雪だるま式に膨れ上がってしまうのだ。

大澤のことでただでさえいっぱいだった野城に、さらなる問題が生じた。中山の思いもかけない告白に、心が揺れている。

大澤とのことを知っていただけでなく、自分のことが好きだったのだと言った。

よりにもよってそんな中山に、酔ってキスしたという。当然のことながら、野城はまるで覚えていなかった。

思い返してみれば、野城が初めて大澤とセックスする羽目になった飲み会のあとで、中山はかつて、心配そうに尋ねてきたことがある。

野城の記憶の中にある中山は、いつも笑顔だ。パイロット養成時代から苦楽を分かち合い、資格が取れたときには、二人で抱き合って喜んだ。人づき合いが苦手な野城と違い、友達が多く誰からも好かれる中山のおかげで、今の野城があると言っても言いすぎではないだろう。

「英輔……」

中山が自分のことを好きだったという。その彼の気持ちにまるで気づかなかったのか。いや、気づいていて見ないフリをしてきただけかもしれない。優しさが心地よくて、その自分の立場をなくしたくなかった。だから、今野城が抱いている胸の痛みは、中山の優しさにつけ込んできた自分への罰《ばつ》だ。

どんな想いで、自分と大澤の関係を認めていったのだろう。常に笑顔だった彼からは、心の過程《かてい》が想像できない。

中山は、友達として失うことのできないかけがえのない存在だ。けれども、野城の心の中にある「愛する」世界に住んでいる人は、中山ではない。

やがてマンションに辿り着くと野城は部屋に入ってすぐ水を飲む。だが酔いは簡単には抜けていかない。洗面所で頭の上から水を被っても駄目だった。

濡れた髪を拭く気力も部屋の電気を点ける気力もなかった、眠気も手伝いソファの上に崩れ落ちた途端《とたん》、見計らったように電話の呼び出しが鳴り響く。

「……うわ…っ」

野城はその場に飛び起き、慌てて時計を見る。今は深夜二時を回ったところだ。こんな時間に、何事だろうか、野城の全身は緊張する。

野城はおそるおそる受話器に手を伸ばした。

「もしもし…」

まず受話器の向こうから、ひどい雑音が聞こえてくる。

『……高久か？　俺だ』

その雑音に混ざって、聞き慣れた声が聞こえてくる。語尾が掠れるハスキーさで、耳に響く心地よい低音は野城が誰よりも好きな声だ。

「大澤さん、ですか？　どうしたんです、こんな時間に」

喜びよりも先に、何か緊急の用事でもあるのかと心配になってしまう。

『たまには国際電話もいいだろう？　もう寝ていたか？』

電話の向こうの声は、やけに楽しそうだ。

互いの言葉にあるほんの数秒のタイムラグに、野城はもどかしさとじれったさを覚えた。

「いいえ、起きていました。あの、どうですか、この季節のニューヨークは」

野城は近くのカレンダーに書き込んである大澤の予定を確認した。今はニューヨークで帰国は明後日になるはずだ。

ニューヨークとの時差は一四時間。東京は現在、深夜の二時。計算するとニューヨークは今、昼の一二時。仕事の合間に自分を思い出してくれた大澤が愛しい。

『まださほど暑くないし過ごしやすい。昨日クルーと一緒に訪れたティファニーには、日本人観光客が山のようにいた』

「クルー」と訪れた「ティファニー」。

普段なら聞き流せるその単語が、今日はなぜか野城のカンに障る。

「それは羨ましいです。当然俺にもティファニーで指輪、買ってくれたんですよね？」

『……もしかして高久。酔ってるのか？』

冗談混じり、嫌味半分の野城の言葉と口調に気づいたのか、大澤の声が低くなる。

「酔っていたら、なんだって言うんですか」

酔っているがゆえの被害妄想かもしれないと思いながら、瞬間的に頭に血が上る。大澤との約束を破って飲みに行っていることに対する罪悪感と、縛《しば》られることへの反発。両方の感情が溢れて、それは怒りに変わる。

「俺は、子どもじゃないんです。大澤さんに飲みに行くなと言われても、仕事のつき合いで飲まなくてはいけないことだってあります。それについてまで、いちいち断らなくちゃいけないんですか」

『何を怒ってる？』

「別に怒ってなんていません」

電話の向こうからたまに聞こえてくる声に、いやというほど覚えがあった。

『じゃあ、何を拗《す》ねている？　この間、人と飲みに行くなと言ったことを怒っているのか？　もちろん仕事のつき合いで飲みに行くことまで駄目だと言ったわけじゃない。どうせお前が一緒に行く相手は、中山ぐらいだろう？』

「……っ」

不意に大澤の口から出た名前で、心臓に棒で突つかれたような痛みが生じる。

大澤は何もかも知っているのだ。中山が自分のことを好きだった事実。それから、大澤との関係を知っていることも、すべて。

激しいまでの罪悪感に自己嫌悪が入り混じって、頭がおかしくなりそうだった。

『大澤さん、まだですかー？』

大澤の声に混ざって、甲高い、鼻にかかった甘えるような声がはっきりと聞こえてくる。それが誰のものか、一瞬にして野城にはわかってしまった。

「……どなたか、一緒なんですか」

『ああ、クルー全員でこれから食事に出るところだったんだ。聞きたいことがあったんだが、それについては改めて連絡しよう。でも先にこれだけ言っておく。杉江には気をつけろ。その件で何か困るようなことが起きたら、松橋に相談しなさい。深夜に突然電話をして悪かった。……愛している』

「大澤さん、それはどういう……」

大澤は早口に言うと、まるでつけ足しのような愛の言葉を最後に一方的に電話を切ってしまう。

機械音だけしか聞こえてこない受話器を、しばし呆然と見つめる。

大澤の後ろで聞こえたあの声は、杉江飛鳥のものだ。

あまりのタイミングの悪さに、もはや笑うしかなかった。

気づけば、野城の部屋の中にはコロンと煙草の匂いが混ざった大澤の香りが残っている。

何を考えようとしても、今のこの状態では、すべてが悪い方向にしか進まない。

すぐに風呂に入り、頭の上から熱いシャワーを浴びる。

コシの弱い柔らかい髪はすぐに水分を含み、額に張りついてきた。

セックスのあとで大澤はしばしば、髪を指で梳《す》く。長くて綺麗な指で撫でられるその感覚と仕種が野城は好きだった。強く抱かれているときよりもより身近に感じ、愛されていると実感できるからだ。耳元で囁かれる自分の名前の優しい響きに全身が震え、肌に触れる温もりに幸せを覚える。

腕の中にいるときに、大澤の愛を疑うことはない。けれどどうしようもない不安に駆られてしまうのは、自分に対する自信が持てないためだ。今は愛されていても、先の未来、一生大澤の気持ちが自分に向けられているかは、誰にもわからない。

大澤と今の関係に至るまで、野城は人を愛するという気持ちがわからなかった。父親を悲惨な事故で亡くしていることで、人を愛することがこわくなっていた。

そんな野城に、人を愛する気持ちと同時に、他人へ嫉妬する感情を、大澤は教えてくれた。

次から次へと様々な感情が生まれては消えていく。どうしようもなく大澤が恋しい。こんな日は彼の腕に抱かれ、何も考えられないぐらい愛し合いたい。けれど大澤は今、遠いニューヨークの空の下にいる。

「最悪だ、もう…」

「会いたいよ……健吾さん。貴方に抱いてほしい」

シャワーコックを元の位置に戻し、湯を体に受けながらタイルに背中を預ける。そして自由になった両手を、そっと細い足の間にあるものに伸ばした。

重力に従い萎えたものが、指が触れたことで微かに力を得る。

何度してもセックスには慣れない。それ以上に慣れないのが、自慰《じい》だ。

大澤との行為に目覚めるまで、自慰すらほとんど経験がなかった。必要に迫られての行為で、頭の中に具体的に誰かを想像したこともなかった。

野城は軽く瞼《まぶた》を閉じて、指先で少しずつ自分のものを愛撫していく。根元から先端までを解《ほぐ》すように位置を変え、確実にポイントを探っていく。大澤がどんな風に触れていたか、その手の動きを思い出す。

『高久……』

やがて自分の指は大澤のものになる。

優しく、そしてときに乱暴に野城を高め、落とし、夢中にさせる。一点に集まる熱に頭の中が朦朧《もうろう》とし始め、喘ぎが漏れてくる。

大澤に慣らされ敏感になった体は、一度燃え上がると、その炎を消し去ることができない。勃起《ぼっき》し始めた部分から、もどかしいばかりの想いが全身に広がり、大澤を含む場所が切なげに収縮《しゅうしゅく》を始める。

「健吾さん……」

何度も強烈な快感をやり過ごそうとしながら、そのたびに失敗する。野城はそろそろと腰の奥に指を伸ばす。固く閉ざされた場所に触れると、その熱さに全身が震え上がる。それでも激しい羞恥を堪えて中に入れたところで限界が訪れる。

そこは自分の指を痛いほどに締めつけ、ぎりぎりまで高まっていた欲望を一気に解放し、愛液を吐き出した。

膝から力が抜け、タイルに背中を預けたまままずるずると床にしゃがみ込んでいく。

全身で荒い息をしながら、野城は天井をあおぎ見る。

高い場所から、熱いシャワーが額に打ちつけてくる。震えの残る指先を見つめると同時に、空《むな》しさが込み上げてきた。体の快感を得ても、心までは満たされない。

野城は風呂を上がると、完全に髪の毛が乾かないうちにベッドに潜り込み、頭の上まで布団を引っ張り上げた。こまめに洗濯をしているにもかかわらず、野城のベッドにも大澤の匂いが残っている。

「ふ……っ」

わけもなく溢れてくる涙に、自分が情けなくなった。

3

前月の中旬に翌月中旬からの一か月分のスケジュールが決定する。

夏休みのハイシーズンは、乗客が増えるため、野城の担当するダッシュ四〇〇の利用も増え、さらに普段は飛ばない路線も含まれていた。

福岡線の乗務を終えて、フライトコントロールセンターのメールボックスでスケジュールを確認していた野城は、いつになくハードなローテーションにため息を吐いた。

「随分《ずいぶん》と悩ましいため息だな」

そんな野城の肩を背後から叩くものがある。

驚いて振り返ると、満面の笑みの江崎の姿があった。

「お疲れさまです。江崎さんも今日はフライトだったんですか?」

「ああ。そろそろ臨時便が増えて、我々も老体にムチを打って働かないと駄目らしい。まったく困ったものだ」

「何が老体ですか。まだまだ現役じゃないですか」

野城は江崎の言葉に笑う。

人事部長であり査察《ささつ》操縦士の資格を持つ江崎は、最近は会社内部でデスクワークが増えている。しかし今日はステイバッグを手に、飛行報告書を手にしていた。後ろには顔馴染みの副操縦士も立っている。

「今日はこれで終わりかな?」

「はい。江崎さんもですか」

「デブリーフィングが終了したら終わる。どうだね。もし良ければ、久しぶりに帰りに軽く一杯、どうだ?」

「喜んで」

何かと江崎には世話になっていながら、パイロットとして空を飛び回るようになると、なかなかゆっくり話をする機会に巡り合えない。ちょうど聞きたいこともあったので、野城は笑顔で誘いに応じた。


着替えを済ませると、江崎の行きつけの和食の店にタクシーで向かった。

「ダッシュ四〇〇の仕事はどうだね? トリプルセブン当時と比べて、どちらが仕事をしやすいというのはあるかな」

冷酒《れいしゅ》が体に染みていく。

「比べてみたことはありませんが、ダッシュ四〇〇になってからは、同じ路線を繰り返し飛ぶことが多いせいか、時間が早く経つように感じます」

「夏に向かってダッシュ四〇〇が飛ぶ路線も増えるから、さらに忙しくなって一日の感覚が短くなるかもしれないな。体調にはくれぐれも気をつけなさい。君は元々この時期、あまり得意じゃなかっただろう」

「最近はそうでもないですよ」

梅雨の時期、気温差が激しいのと湿気の多さに、野城はしばしば体調を崩した。子どもの頃を知っている相手に、見栄を張っても意味がない。それでも野城は肩を竦めた。

パイロットという仕事は、何より体が資本である。体調が悪いことで操縦をミスするわけにはいかない。

自己管理の厳しさをパイロット養成時代に痛感して以来、食事や睡眠には十分気をつけている。だが、梅雨の季節はどうしても体調が優れない。おまけに精神的なダメージが体調に繋がりやすいために、ここ数日、あまり元気とは言えない状態が続いていた。

「そうかな。また少し痩《や》せたような気がするんだが。とにかく、無理をしないように。困ることがあれば、すぐうちに連絡しなさい。妻も娘も、いつでも君が来るのを楽しみに待っている」

江崎の家で世話になった当時の野城は、今の野城とは違っていた。

融通《ゆうずう》の利かない優等生で、自分に向けられる周囲の優しさに気づいていなかった。それでも江崎の家族は野城を本当の家族として扱い、たくさんの愛情を注いでくれた。

改めて振り返ってみても、過去の記憶は常に優しく、楽しかった。江崎の口を借りて聞く彼の家族の言葉に、嘘は感じられない。

「ありがとうございます。お言葉に甘えて、何かあったときにはお願いします」

そのあと仕事の話になる。

ベテランパイロットであり技術的にも優れている江崎の話は、学ぶべきところが多い。単に経験を積むだけでは足りない、パイロットとして大切な何かを、江崎は持っている。

「ところで、君の同期の中山くんだが」

思い出したように、江崎はその名前を口にする。それまで笑顔だった野城は、無意識に表情を強張《こわば》らせる。

「知ってるかな？　ダッシュ三〇〇への移行を申請してきたよ」

野城の耳には、この間の彼の告白が残っている。

「この間、英輔本人から、聞きました。俺の代から、どのぐらいがダッシュ三〇〇への移行申請をしていますか？」

「私も具体的な人数までは把握《はあく》していないが、君たちより上の代も、即戦力として移行しているとは聞いてはいる。高久くんは興味はないかな？」

野城は曖昧な表情を浮かべる。

「まるで興味がないと言ったら、嘘になります。ダッシュ三〇〇は、ダーイング社と日スタの共同開発による部分が多い最新機種です。四〇〇にはない機能が沢山《たくさん》あるようですし、新しいコックピットも見てみたいとは思います」

社内資料として、新機種の性能は確認し、外観も先日遠目では見ていて、シミュレーター訓練も受けた。でも、実際の機体の中に入ったり操縦したことはない。

かつて野城が乗務していたダッシュ二〇〇と、新機種であるダッシュ三〇〇は、同じトリプルセブンだ。でも大幅に改良されているため、似て非なる同機種と言われている。性能的にはむしろ、ダッシュ四〇〇の改良版といえる。

機体は現在飛んでいる飛行機の中で一番長く、ボディラインも際立って美しい。エンジンは双発《そうはつ》のため長距離飛行には向かないが、キャビンは広い。設計段階からダーイング社に各航空会社が整備士を派遣して独自の機能を組み入れたため、航空会社ごとで少しずつの違いがある。

学生時代航空物理学を勉強していた立場からも、そしてパイロットとしての立場からも興味がないと言ったら嘘になる。

「だったら、今度のオフのときにでも、便乗《びんじょう》してみるといい」

「え？」

野城の迷いを理解したかのような江崎の申し出に、驚きの声を上げる。

「それは嬉しいお話ですが……」

「別に便乗したからといって、移行を強《し》いられるわけではない。それは私が保証する。機種変更をするにしてもしないにしても、一度どんな機体か確かめてみるぐらいいいだろう？」

野城の心が、揺れていた。大澤に対する不安があるから、余計そうなのかもしれない。実際新機種のコックピットを見てしまったら、さらに決意が揺れそうな気もする。

「どうだね?」

「……それならば」

躊躇する気持ちもあったが、それ以上に、新機種への興味が先に立った。

「話は早い方がいい。早速《さっそく》人事の方に連絡をしてみよう。次のオフはいつになるかな」

普段は穏やかで気長に物事を考える江崎だが、このときは実に決断が早かった。

野城のスケジュールでオフの日程を確認すると、その場でフライトコントロールセンターに連絡を取り、便乗の日程を決めてしまったのだ。

「そういえば、杉江くんが機種を移行するという話、知ってるかな?」

担当者と話を終えた江崎は、思い出したように聞いてくる。

「え、ええ。英輔から少し、話を聞きました」

「まあ彼の場合いずれにせよ、元の機種に戻るにしてもOJTが必要だったから、タイミングも良かったんだろう。同じ時期に新機種の話があったのと、ちょうど即戦力の機長を欲しがっていたから、彼のような存在は、まさにうってつけではあったんだ」

江崎はそう言いながら少々困ったような表情を見せる。

「実は、高久くんが乗る便に、ルートOJTで杉江くんが乗務している」

なぜここで突然杉江の名前が挙がったのか、続いた江崎の言葉で野城は納得する。ルートＯＪＴとは、新しい路線を飛ぶための訓練飛行のことだ。

「彼と一緒に仕事をしたことはあるかな？」

「いえ」

杉江の神経質そうな表情を思い出して、野城は首を左右に振る。

「片瀬機長の件で色々言われてはいるが、パイロットとしての技術は見事だよ。航空大学時代には、大澤くんと争うほどだったというから、どのぐらいか想像はできるだろう？」

肩書き上、滅多《めった》に表立って人を褒《ほ》めない江崎がこうして言うのは、珍しいことだった。江崎に褒められるほどの腕を持っている杉江に興味は湧《わ》く。でも躊躇する気持ちも強い。

「会社内でも彼に対する評価は微妙なところがあるが、今回の移行後の仕事次第では、機長昇格も早まるだろう。多少複雑な気持ちもあるだろうが、彼の操縦を見て、損はないと思うよ」

もちろん、杉江がＯＪＴで乗っていることを理由に便乗を断ることは、野城にはできない。それがわかっていて野城を安心させるようにさらにつけ加えた江崎は、そこで話を終わらせた。

江崎とは店を出たところで別れた。一人になってから野城は、大澤の電話での言葉を思い出す。

『杉江に気をつけろ』

彼はそんなことを言っていた。おまけに、中山に自分のことを聞いていたという。しかし、これまで野城と杉江の間には、なんら関係はない。同じ機に乗ったところで、仕事の関わりしか出てこない。野城はなんとか自分に言い聞かせる。

大澤があのとき何を言おうとしていたのか、想像すらできなかった。


羽田空港のスポットに入っている七七七―三〇〇の姿は、遠目に見てもやけに目立っていた。前回羽田で見た特別仕様ではなく、他の機と同じカラーリングが施されている。

天候は生憎曇《あいにくくも》っている。そんな空を窓から見上げ、パイロットスーツに身を包んだ野城は、額に張りついてくる前髪をかき上げて帽子を被り直す。

フライトコントロールセンターには、まだ杉江の姿はない。スケジュール表を確認したところ、杉江は富山《とやま》便往復ののち、野城がオブザーブ乗務する羽田発関西空港行き一四六便を担当する。そのまま関西空港に一泊する予定だ。戻りが遅いため、野城もクルーと一泊したあとで羽田に戻り、午後便から自分のシフトに入ることになっていた。

喫煙所に座って煙草を吹かしていると、報告書を携《たずさ》えた機長と杉江がディスパッチャールームに戻ってくる。野城は慌てて火を消すと、彼らの元に走った。

「本日オブザーブ乗務させていただきます、七四七―四〇〇副操縦士の野城高久です。よろしくお願いいたします」

帽子を取って深く頭を下げると、恰腹《かっぷく》の良い少し髪の薄い機長は、満面の笑みを浮かべた。

「話は人事から聞いています。こちらこそよろしく。私は機長の佐々木《ささき》、こちらは査察操縦士の日置《ひおき》くんに、副操縦士の杉江くん」

「今日、査察、なんですか?」

日置の肩書きに声を上げ、杉江に視線を移す。査察とは、機種変更や新しい路線の操縦をする際の、いわば試験のようなものだ。

「明日の一便が、ね。だから明日は申し訳ないがキャビンに乗ってもらうから」

「こちらこそ申し訳ありません。大切なときにオブザーブをお願いしてしまいまして……」

野城は杉江に対し頭を下げるが、ちらりと一瞬視線を移したあと、ディスパッチャーのカウンターに顔を向けた。

「いやいや、構わないよ。大体君が決めたことではないんだし、杉江くんだって、今回が初めての査察じゃないし。なあ」

佐々木は豪快に笑いながら、自分より細くて背の高い杉江の肩を叩いた。査察操縦士の日置も「大丈夫」と笑い、野城はもう一度頭を下げた。

そして一歩下がった場所で、関西空港までのエンルートチャートを確認し、飛行計画を聞いた。

野城から一番遠い場所にいる杉江は、他の二人に比べて一際身長が高く凛々しい顔をしていた。

「格好いいんだ……杉江さんって」

まじまじと顔を見つめながら、誰にも聞こえないような声で感想を口にする。

身長は大澤より若干低いだろうが、かなりの長身だ。手足はすらりと長く、パイロットスーツを見事に着こなしている。顔は面長《おもなが》で、深めに被っている帽子が似合っている。少し長めの前髪は、光の加減もあるだろうが、濃い茶色に見える。

顔の作りは全体的に派手で眉は太く、その下にある目も大きい。ディスパッチャーの話を聞いている杉江はそんな視線など気にしないように、言葉のひとつひとつに頷き、小さなことにも質問を欠かさなかった。

「ああ、雨が降り始めましたね」

ディスパッチャーの言葉で、野城は外へと視線を向ける。今にも泣き出しそうだった灰色の雲からは、ディスパッチャーの言葉どおり、大粒の雨が零れ落ち、空港全体が煙がかかったように白く見えている。

「天候のカテゴリー、どの程度ですか」

「今のところぎりぎり『一』の状態でしょうが、一時間もすると怪しいですね。天気図を見るかぎり、雨の止む気配は一向《いっこう》にありません」

お天気番であり他のパイロットのディスパッチをしていた菅谷が、野城の問いに応じる。

この季節、羽田空港は強風や霧の影響を受ける。便数も増える状態でできる限り欠航《けっこう》を出さないために努力しているが、自然現象にはお手上げだ。

航空機の離着陸には、航空法で天候の条件が厳しく定められている。そのカテゴリーに従い、パイロットにも高い操縦技術が要求される。各会社で多少の差異はあるが、日スタの場合、濃《のう》霧《む》や大雨などの最悪の天候条件のカテゴリー二の場合、機長のレベルは最高値である四が求められる。

本日の便の機長である佐々木のレベルは四。多少雨が強くなっても、関西空港行き一四六便にクルーの変更はない。

オブザーブ乗務の野城が予定の機に搭乗したのは、一般客よりも若干早い四〇分前だった。真剣な様子でコックピットプレパレーションをする操縦席の佐々木と杉江に軽く会釈してから、日置も座る後ろにあるジャンプシートに腰を下ろした。そして初めて目にする実機であるダッシュ三〇〇の液晶画面に見入った。

「綺麗でしょう、新しい画面は」

日置に言われて、鮮明な画像や色に、野城は戸惑《とまど》いながらも頷く。

操縦桿や計器類もまた、ダッシュ四〇〇よりも、使いやすくコンパクトな形をしている。計器類のデジタル表示もわかりやすく、長時間眺めていても目が疲れることはなさそうだ。

コックピット前方の大きな窓もパイロットになった当時乗っていたトリプルセブンシリーズとは、明らかに趣《おもむき》が違って見えた。

「思っていた以上に、従来機とは内装が違いますね」

「だろう? 私も初めてエバレットの工場でこのコックピットを見たときには、感動したよ。最高峰まで辿り着いていると思っていた航空技術だが、まだまだ上があることを教えられた」

アメリカのシアトルにほど近い場所に位置する都市、エバレットには、ダーイングの工場がある。

「本当に、そのとおりですね」

コックピット席の二人は手際良くプレパレーションを済ませ、チェックリストを確認する。そのうち五分前のコールが入り、管制塔と連絡をする。

テイクオフブリーフィングも、杉江は完璧にこなす。とてもOJT操縦とは思えないほどに、何もかもがスムーズだ。

管制よりATCクリアランスが出て、それに対し佐々木は親指を立てる。杉江は外していたサングラスとヘッドセットを装着する。

そしてカンパニーラジオと社内無線で、最終乗客数と総重量の確認を取る。

グランドハンドリングマンの操縦するトーイングカーで、重たい機体が滑走路まで運ばれていく間に、二つのエンジンをスタートさせた。

滑走路は一六L(リーマ)、ウェットコンディション。強くなった雨がコックピットの窓に強く打ちつけられている。

管制からの連絡では、風の向きは九〇度の方角より一〇ノット。追い風となる。最終的なテイクオフクリアランスが出ると、機長はジャンプシートの野城と日置を振り返る。

「準備はよろしいですか?」

「ラジャー」

しっかりシートベルトをした日置は、野城のベルトも確認してから親指を立てる。

キャビンにパッセンジャーアナウンスが流れ、テイクオフチェックリストを完了させてから、目視で滑走路に障害物がないことを確認した。

エアスピードが徐々に増して、轟音《ごうおん》が響く。ギアが滑走路を走る振動が椅子《いす》を通じて腰に直接伝わってくる。

「エイティー」

杉江の声が響く。やがて離陸決定速度であるV1がコールされ、操縦桿の引き起こし速度であるVRに達する。機長が操縦桿を引くと、旅客機は浮揚《ふよう》した。


関西空港でのステイ先は、連絡橋を出てすぐの場所に位置する、日スタ系列のホテルだった。雨は止み、明日は晴れるだろう。

着替えを済ませる、コックピットの四人でホテル内のレストランへ向かった。

野城はそこで早速、佐々木に離着陸のスムーズさの理由について尋ねた。

「それはもちろん、機長の腕の違いだ」

「よく言いますね」

佐々木が笑いながら言うと、横で日置が笑う。

「もちろん機長の腕の違いが一番大きいけれど、ランディングギアの違いや様々な機器の違いも影響がある。それで、どうだったかな。新機種の乗り心地は」

「想像以上に快適でした」

野城は日置の問いに素直に応じ、具体的な点をいくつか上げた。

食事の間はもっぱら佐々木、日置、野城が話していて、杉江は答えを求められない限りは口を開かなかった。大澤と言い合いをしている現場しか知らない野城は、ここまで無口な杉江の姿は想像もしていなかった。おそらく自分の存在が、必要以上に杉江を無口にさせているだろうこともわかっていた。だからなんとか話を振る
「関西空港に来たの、初めてだったんですが、綺麗ですし広いですね」

「このホテルの最上階にあるバーラウンジから見ると、素晴らしい景色が望めるよ。雨も止んだことだし、せっかくだから見てくるといい」

食事を終えた野城に、日置が教えてくれる。

「我々は年だからもう部屋に戻るから。杉江くん、若い者同士、つき合ってあげなさい」

「しかし時間が……」

杉江は腕時計で時間を確認して表情を曇らせる。

「なあに、まだ一、二時間ぐらいなら大丈夫だ。もちろん、だからと言って無茶飲みをされると明日の仕事に差し支《つか》えるから、適当なところで切り上げるようにしなさい」

機嫌の良い佐々木は杉江の肩を叩いて、日置と二人、先に部屋に向かってしまう。残された野城は杉江の背中を見つめる。

「お疲れでしょうから、杉江さんもお部屋に戻ってください。俺は一人で、夜景を見てくることにします」

ただでさえ酒に強くない上に、杉江と一緒では、緊張してしまう。

「俺は一緒でも構わない。むしろ君が嫌なんじゃないのか？」

それまで黙っていた杉江は振り返って、淡々とした口調で返してくる。

「別に、嫌、なんてことは…」

杉江の声は大澤よりも若干高い。感情の起伏《きふく》が少ないせいか冷たい印象がある。

誰と飲みに行こうと大澤には関係ないし、酔っ払ったところで、自分がしっかりしていることを証明できればいいはずだ。自分のことを中山に聞いていたのがなぜなのか、それを確認するのもいいだろう。

「それなら一緒に行こう。日置機長が言っていたように、このホテルの夜景は絶品だ」

野城の返事を聞いた杉江は、初めてふっと笑った。目元が細められると全体の印象が和《やわ》らぎ、口調も柔らかくなる。野城が杉江に対して抱いていた緊張が、瞬間的に解れていく。

平日のせいかラウンジはさほど混雑していなくて、滑走路が一番良く見える窓側の席に案内される。

「アルコールには強いのか?」

「いえ……」

「それなら、オリジナルカクテルを頼むと良い。さほどアルコールは強くないし、何より笑える名前がついていて、話のタネになる」

長い足を組んだ杉江は、肩を揺らして笑う。

パイロットスーツから私服に着替えた杉江は、ソフトな生地のジャケットスーツに、中にはポロシャツを着ていた。

こういう服装だと、均整の取れた体をしているのがよくわかる。

「杉江さんは強いんですか?」

「最近は仕事を考えて酒量は減ったが、学生時代にかなり鍛えた」

薄く笑う杉江は、煙草を上着のポケットから取り出して、野城に視線を向ける。

「吸ってもいいか?」

「どうぞ。俺も普段は吸ってます」

きちんと確認してから火を点ける杉江に、少しだけ好感を覚える。

今回一四六便にオブザーブ乗務することで、新機種に対する興味が強くなった。だがそれ以上に杉江に対する認識が大きく変わった。

杉江に関しては噂ばかりが先行していて、実際の彼と接したのは今回が初めてなのだから、想像だけの姿と印象が違っていて当たり前かもしれない。

中山が見直したという気持ちもよくわかる。野城は後ろから眺めているだけだったが、それでも杉江の操縦技術が長《た》けていることは十分わかった。コールにしてもひとつひとつの動きにしても機敏《きびん》であり、判断力もすばやい。

大澤との過去で何かがあって、その上で二人の関係が拗《こじ》れているにしても、それは大澤と杉江の間のことであり、自分には関係ない。だから余計な偏見《へんけん》は捨てるべきなのだろう。

野城は一瞬の出来事で杉江の人間性までも否定していたことを反省し、申し訳ない気持ちになっていた。

窓からは、様々な色の照明でライトアップされた空港がよく見えた。洋上から飛来する飛行機が着陸する様も美しい。羽田空港とはまた一味違った光景だ。

やがて注文した酒が運ばれて来て、それぞれグラスを持って軽く乾杯する。

「明日の査察、頑張ってください」

「ありがとう」

野城が思い出したように言うと、杉江は軽く微笑みを浮かべる。その笑顔に安心しながら、野城はカクテルに口をつける。

「『ヴォル・ド・ニュイ』。甘いカクテルだろう？」

野城のグラスを見て、杉江はその名前を口にする。

「飲んだことありますか？」

「一度だけ、試しに飲んでみた。夜間《やかん》飛行なんてネーミングがついていたら、やはり飛行機乗りなら飲んでみたい衝動に駆られるだろう？」

「夜間、飛行？」

「意味を知らずに頼んだのか？」

「え。ええ、メニューのオリジナル欄《らん》にあったものを選んだだけで……夜間飛行とは……？」

野城は自分のグラスを傾《かたむ》けて照明に翳《かざ》す。青い色の澄んだカクテルの中に、赤いチェリーが落ちている。

「ヴォル・ド・ニュイ、といったら、ゲランの有名な香水の名前だろう。サン・テグジュペリの小説をオマージュして作られた女性用の香りだ。知らないか？」

「あ、な、んとなく」

勉強はできるが、今ひとつ一般常識に欠けるところがある野城は、サン・テグジュペリが『星の王子さま』の作者であることはわかっても、そこから先の知識はなかった。

「あの香水に合わせて作られたカクテルだから、女性用に甘めに作ってあるんだろう。香水自体はウッディ系で甘いというよりはセクシーな香りだがな。どうだ。口に合うか？」

掌の中でウィスキーの水割りの入ったグラスを揺らしながら、少しずつ口に含んでいく。

「はい飲みやすいです。後味がなくて…アルコールも軽いですし」

「それなら良かった」

杉江は満足そうに微笑み、やがて目を伏《ふ》せた。

「君とは一度、こうやって話をする機会があればいいと思っていた」

不意の言葉に、身構《みがま》える。

「……どうして、ですか？」

「かなり前になるが、君のお父さんの事故の話をしてしまっただろう」

杉江の言葉に目を見開き、自分を呆然と見つめた大澤の表情が野城の脳裏に蘇り胸が痛んだ。

「あのときのことをずっと気にしていた。頭に血が上っていて、大澤に対してだけでなく、関係のない君にまで八つ当たりをしてしまった。本当に申し訳ない。いまさら謝ったところで遅いかもしれない。許してくれなくても構わないが、謝らせてほしい。本当に済まなかった」

杉江はグラスをテーブルに置き、膝に手をついて頭を下げてくる。杉江の姿に野城は慌て、杉江の肩に手をやった。

「とんでもありません。もちろん、あのときに気にならなかったと言ったら嘘ですが」

『加害者と被害者の息子が同じ会社にいるなんて』、杉江は大澤を追いつめるためにその台詞を口にした。

「あのときは俺よりも、大澤さんの方が、傷ついていたと思います」

「大澤にも申し訳ないと思っている。あいつにも謝ろうと思いながら、タイミングがなかなかないんだ……酒、追加しないか？　まだ時間、大丈夫だろう？」

空になったグラスを見て、杉江は野城に確認してくる。野城は一瞬考えながら、もう少し杉江と話したい気がして、「同じものを」と応じる。酔うのが心配だったが、これだけアルコール分が弱ければ大丈夫だろう。

杉江は追加を頼むと、野城に向き直った。

「多分君も知っているだろうが、俺と大澤は航空大学時代の同期なんだ。そこに加え管制官の松橋を含めた三人は仲が良かった。だが、卒業の際、大澤は国内の会社には採用されず海外に行ってしまった。俺には一切相談もなかった。以来まるで連絡がなく一〇年以上経って突然戻って来たにもかかわらず、挨拶もない。つい、意地になってしまって、今の状態になっている。大人げないのはわかっているんだが、なかなか難しい」

とうとうと過去を語る杉江の口調や表情に、悪《わる》びれたものはなかった。そして以前のように、大澤に対する憎しみも感じられない。

野城の中で、さらに杉江に対する認識が変わる。

かつての親友同士。厳しい訓練生時代を過ごした仲間。

自分と中山のような関係が、大澤と杉江の間にも存在していたに違いない。

「親友だったのなら、話をしさえすれば、わだかまりは解《と》けるのではありませんか？」

「俺もそう思ってはいるが、なかなか、ね」

杉江はグラスを傾け、滑走路に目を向けながら灰皿に煙草の先端を押しつけた。

「今日の最終便だ」

その言葉に促され、野城も外に目を向ける。

「大澤と話をしようと、色々考えてはいるんだが……。なにぶん、俺は色々あいつに嫌な思いをさせているんだ」

杉江が酒を追加注文するのに合わせ、野城もまた同じカクテルを頼む。

「そういえば君は、大澤と最近仲が良いと聞いたけど」

「誰からですか？」

不意に話を振られ、野城は驚きを隠せない。

「妹からだ。もしかしたらどこかで会ったことがあるかもしれないな。俺の妹の飛鳥は日スタのCAなんだ。大澤に執心《しゅうしん》でね、顔を合わせるたびになんだかんだとあいつの話題を口にするんだが、たまたまそのときに君の名前が出たんだ」

「そう、ですか」

妙に複雑な気持ちで、野城は曖昧に返事をする。

「妹のこともあって、大澤とは縒《よ》りを戻さなくちゃいけないんだよ。困ったものだ」

意味深《しん》な言葉に、なぜですかと野城は目で訴える。

「下手《へた》すると、俺とあいつは義兄弟になる可能性があるようなんだ」

杉江はそんな表情に気づいているのか、平然と言った。

「義、兄弟？」

一瞬その単語がどんな意味を持つのかわからなかった。実際口にして、さらに頭の中で変換してから、ようやく言葉の意味を理解した。つまり杉江は、大澤が妹と結婚する可能性があると言っているのだ。

「まだ正式に決まったわけでもないし、飛鳥が一方的に言っているだけのようなんだが、可能性としてはないわけではないらしい。飛鳥は大澤のことを本気で好きで、かつてつき合っていたこともあると聞いている。だがどうも最近、大澤のノリが悪くて飛鳥が困っている。もしかしたらあいつに、他に好きな人ができたんじゃないかと言っていた」

野城の心臓が、どきりと音を立てる。

「わがままな奴だが、たった一人の妹だ。相手が大澤だと思うと複雑な気分もなくはないが、兄としてあいつのために、一肌脱いでやりたい」

杉江は冗談めかして言うが、顔は真剣だった。野城は何をどう言えばいいのかわからず、手元にあったカクテルを惰性《だせい》で飲み、空になったところで追加を頼んでしまう。少しずつ頭の中が酔いに負けていくのがわかった。

「野城くん。君、大澤から何か聞いていないか？　あいつが誰と今つき合ってるかとか、噂でも構わないんだが。君と同期の中山くんにもちょっと話を振ってみたんだが、残念ながら何も知らないようだった」

　ここで出てくる中山の名前に、野城の記憶が一瞬だけあのときに溯《さかのぼ》る。

「俺は何も知りません」

「そうか。それじゃ仕方ないな」

　杉江は野城の顔を真正面から見つめたまま、含みのある口調で頷く。野城は激しく鼓動する心臓の音が杉江に聞こえないか気にして、酒を飲むピッチが上がる。

「じゃあ、話を少し変えよう。申し訳ないけど、ちょっと耳を貸してくれないか？」

　杉江は背中を丸め、テーブルに半身を預けるようにした野城の腕を自分の方に引っ張った。

「最近あいつとよく一緒にいる男を知らないか？」

　耳朶を嚙むぐらいに顔を寄せた声に、野城の全身が震える。熱すぎるアルコールと煙草の残り香《が》の混ざった吐息が耳をくすぐった。

「一緒にいる、男、って……」

　さらに心臓が大きく鼓動する。

「ここだけの話にしてほしいんだが」

野城の腕を掴んだ杉江は、野城の顔のすぐ傍《そば》でにやりと笑った。

「学生時代、あいつは男とつき合っていた。相手は君も知っている松橋だ。彼は今と同じに綺麗な顔をしていたせいもあり、大澤の他にも狙っている男は多かった。中でも大澤の綺麗な人好きは有名だった。男でも女でも、性別については問わないらしい」

潜めた声でそこまで言うと、野城の腕を解放し、品定《しなさだ》めするように顔をじろじろ眺めてくる。目つきが探るようなものに変わっていった。

「そういえば君も随分と綺麗な顔をしているね。目元の印象がきついけれど、口元のそのホクロが、娼婦《しょうふ》のようないやらしさを醸し出している。それこそ、大澤好みの、ね」

「変なことを言わないでください。そういう冗談は嫌いです」

喉の奥で笑う様子に、野城はむっとして、残っていた酒を一気に呷《あお》る。

ポーカーフェイスのできない野城は、酒で誤魔化すしかなかった。杉江の言葉にいちいち余計な反応を示さないように、必死だったのだ。

「あ、冗談だってわかった？　残念だな。大澤の話は別にしても、君の顔は本当に綺麗なのに」

警戒《けいかい》して睨む野城に、杉江は一瞬にして満面の笑みを浮かべた。

「じょう、だん…？」

「そう、冗談。妹が大澤に惚《ほ》れているのは事実だが、そこから先は、大学時代の悪ふざけだ。

だからそんなに真剣に睨まないでくれないか。俺は普通に女性が好きだし、大澤と松橋のことも、でまかせだ。信じたのなら謝る。悪かったね」

あっけらかんと杉江は言い放つ。ちょうどそのタイミングで閉店の時間が訪れる。

「不快な思いをさせてしまったお詫《わ》びに、俺の部屋でもう一杯、奢らせてくれないか？」

杉江は伝票を取り、野城の顔を探るように覗き込んでくる。先ほど一瞬見せた不遜な態度は消え失せ、バーにやってきたばかりの様子に戻っていた。

「君は自社養成で入ったんだろう？　それなら、航大のとっておきのばか話も聞かせたいな。あの松橋や大澤の話も色々あるんだよ」

立ち上がった途端足元がふらつき視界が大きく揺れた。思っていた以上に酔いが回っている。それでも、まだ理性と思考力は残っている。杉江に対する警戒心がすべて消えたわけではないが、航大時代の大澤や松橋の話には興味がある。自分の酒癖に大いなる不安を抱きつつも、緩《ゆる》んだ理性の中では、好奇心が先に立ってしまう。

「じゃあ、もう一杯だけ…」

「じゃあ、行こう」

杉江は親しげに野城の肩に腕を回してくる。一瞬心臓が高鳴った。逞しく鍛えられた腕の感触が、なんとなく大澤に似ているように思えた。部屋に辿り着くと、杉江はプライベートバーにあるリキュールを使って手際よく野城にはジントニックを作り、自分には水割りを用意した。

「それじゃあ、もう一度、乾杯」

グラスを重ね合わせて杉江は笑う。向けられる視線になぜか落ち着かない気持ちになりながら、野城はグラスに口をつける。だがすでに先に飲んだアルコールのせいで麻痺《まひ》した野城の舌では、はっきりと味がわからなかった。

杉江はすぐに、航空大学時代の話を始める。

名物教官がいた話、初めて一人で飛行機を操縦したときの話、大澤が夜中に学校を抜け出した話など、野城の知らない過去が楽しく語られる。話上手な杉江の印象が野城の中でさらによくなる。

だがさすがに、明日のことを考え、一杯目がなくなったところで野城は辞去しようと思った。そんな野城を杉江は引き止める。

「俺のことなら気にしないでくれ。二時に寝たとしても、フライトは一〇時だし、アルコールもさほど飲んでいない。次にいつこうして酒を飲めるかわからない。せっかくだから、もう少しつき合ってくれないか?」

実際、杉江には酔った様子は見えない。

「でも……」

「俺と話をするのは、楽しくないのかな」

思わぬ杉江の言葉が、野城を引き止める。どんなつもりか杉江の心までは読み取れない。でもそんな言葉を振り切ってまで部屋に戻ることはできない。

「本当に、あと一杯だけ」

「わかりました」

杉江の言葉にほだされるように野城は座り直した。杉江は空になった野城のグラスに、先ほどと同じカクテルを作る。

「野城くんと話をしていると楽しいよ。本当に君、大澤のこと、知らないのかな？　飛鳥からは、色々聞いているんだけど」

「色々って……？」

杉江は新しい煙草に火を点ける。先ほどのバーで吸っていたのとは、違う銘柄《めいがら》だった。嗅ぎ慣れたその煙の匂いに、大澤のものと同じ銘柄だと気づく。

「休みの日に一緒に出かけてる話や、大澤と同じライターを使っているとか…」

これまでとは違う意味深な響きを持つ言葉に、野城はゆっくりと顔を上げる。

「何を……ご存知なんですか？」

「別に何も。でもそう言うからには、何かあるのかな」

慎重《しんちょう》に様子を見る野城に、杉江はふっと笑顔になる。このままでは、杉江のペースになってしまう。駆け引きのような緊張感に堪えられず、野城は新しく作られたカクテルを一気に飲み干してしまう。これを飲んでしまえば部屋に帰れる。まだ、自分の意識は手元にある。野城は、そう思っていた。

「そんな無茶な飲み方をして」

杉江の声が、やけに遠く感じられる。

「さっきまでのカクテルの倍のアルコールが入っているのに、大丈夫かな?」

にやにや笑いながらの言葉の意味が、すでに理解できなくなっている。

頭がぐらぐら揺れ、急激に視界が狭くなっていく。自分がどこにいるのか、誰と話をしているのか、それすら曖昧になっていた。

目の前にいるのは、杉江だ。

言い聞かせながらも、その言葉がすぐに消えていこうとしている。危険信号が、頭の中で点滅する。

「野城くん?」

杉江は煙草を手にしたままゆっくりと椅子から立ち上がり、体を後ろに反らした野城の手から氷だけになったグラスを取り、肩に手を掛けてきた。

自分の腕を抱く男の手の温もりに、ふっと瞬間、野城の意識が戻ってくる。

優しい声。自分を抱く腕の逞しさ。野城はこの男を、知っていた。

「……キス、したいな」

だから、ぼんやりとした視界の中、目の前の男に甘えてキスをせがむ。杉江はその台詞に一瞬動きを止めるが、細いしなやかな腕が首にするりと伸びてくるのに任せ、ゆっくり頭を下ろしていく。

軽く唇を重ねるだけのキスを終えると、野城は焦点の合わない目を相手に向け、指の間に挟まっている煙草を奪った。そしてその煙草を軽く吹かして、煙を杉江の顔に吹きかける。

「うわ……っ」

咄嗟に杉江が目を閉じる様《さま》を見て、肩を揺らして笑い、不要になった煙草を灰皿に押しつけた。

「野城くん……?」

これまでとは明らかに異なる野城の様子に、杉江は気づいていた。

「もう一度、キスしてください。今度は煙草の味のするキスではなく、甘い、キスを」

野城は目を杉江に向ける。酔いのために潤んだ黒目がちの瞳には、濃厚な艶が混ざる。強烈なのは、唇の下にある小さなホクロだった。それがあるがために、野城の口元には淫らな色が混ざる。

先ほどまでとは、まるで違っている。整った顔立ちで綺麗な印象はあったが、潔癖《けっぺき》さが先に立ち、艶やかさとは縁がないように思っていた。

しかし、今は違う。

同じ顔立ちでも、アルコールに酔ったこの男には、妖しいまでの色気がある。腕の伸ばし方、首の傾《かし》げ方ひとつを取っても、誘っているとしか思えない。

杉江は自分の目の前にいる男の仕種と、ほんの少し前までの野城の態度のギャップに、戸惑いを覚えていた。

野城と大澤の仲には、かなり前から気づいていた。噂は出るところには出ている。飛鳥から聞く大澤の話もあって、間違いないとは思いながら、決め手に欠けていた。

というのも大澤が相手にするには、野城という男は確かに綺麗な顔をしてはいても、典型的な優等生過ぎて面白味がないように思えていたからだ。

「なるほどね」

自分にキスをねだる姿を見て、納得した。先ほどまでの優等生の皮を剝いだ野城なら、大澤が選んでもおかしくない。

あれだけ艶を孕《はら》んだ扇情的《せんじょうてき》な仕種でキスをせがまれたら、ノーマルな男だとしてもその気になるかもしれない。そのぐらい野城の誘いは、甘く危険だ。

杉江は近寄ってくる野城の半開きの唇に自分のものを重ね、中から伸びてくる舌に自分の舌を絡めていく。

そのうち、何も知らないような顔の裏に潜む、淫らな本性が露になる。ディープキスも慣れたもので、大澤に負けず劣《おと》らず様々な男や女を相手にしてきた杉江でも、脳天が痺《しび》れるような感覚を味わった。

息継ぎをするために唇を離すと、もどかしげに濡れた唇を嘗めながら、甘えた声を上げる。唇の間から見える白い歯と、赤い舌や唇とのコントラストも強烈だ。

「もっと……」

「あの大澤が夢中になっても仕方ない」

杉江は冷ややかに笑う。

学生時代、大澤は数多くの相手と関係を持っていた。その中の一人に、杉江が当時、誰よりも愛していた松橋祐がいた。

松橋は大澤の、一人で生きているような陰《かげ》に惹かれ、自分が愛されていないことを理解しながらも、抱かれていた。

今でこそ他人を寄せつけないほど、凛とした美しさを放つ松橋も、当時はまだ少年の初々しさを持ち、清潔感溢れた存在だった。その彼が大澤を愛してから、少しずつ変わっていった。

野城のように娼婦と淑《しゅくじょ》女の二つの顔を持つのではなく、明らかに娼婦の顔だけを前面に押し出すようになったのだ。

自分を想い大澤と対立していく杉江を、松橋は拒んだ。大澤が渡米したあとのわずかな間だけ体の関係を持ったが、心を許すことはなかった。

杉江にとって大澤は、親友であると同時に憎むべき対象でもあった。

操縦技術でもかなわず、そして恋愛でも踏みにじられた。

いつか大澤の鼻を明かしてやりたいと思い続け、父親の事故を理由に全日航への内定が取り消された話を聞いたとき、ざまあみろと思った。

深夜杉江の部屋にやって来てその事実を打ち明けたときの大澤の表情を、杉江は忘れてはいない。航空大学時代に培《つちか》った大澤へのコンプレックスが、あの瞬間、消え失せた。勝ったと思った。

しかし、大澤は一〇年経ってから再び、杉江の前にやってきた。それも、特別待遇《たいぐう》で。彼の存在に、プライドは粉々《こなごな》に砕《くだ》かれた。だから片瀬派に属し、大澤を叩き潰すつもりだったのに、結果はこの有様《ありさま》だ。

妹の飛鳥は大澤に惚れ込み、大澤がいなくなったあと自分のものになると思っていた松橋は、自分のことなど眼中にないように結婚し離婚し、さらにその後、別の男に横から攫《さら》われた。

無視すればいいのだ。何度もそう思っているのに、大澤の存在は、杉江の生活に入り込んでくる。

七七七―三〇〇への機種変更は、そんな中、降って湧いた好機だった。

機種が違えば、少なくとも大澤の下で働く必要はなくなる。さらに機長への道も近くなる。さらにあとひとつでも大澤の弱点を握れば、自分は優位に立てる。そう思っていた杉江の前に、野城がやってきたのだ。

「健吾、さん」

キスの合間に野城の口から零れるのは、案の定《あんじょう》大澤の名前だった。

巧みに舌を動かし貪《むさぼ》るようなキスを求める野城は、間違いなく大澤の恋人だ。最近大澤に関する浮いた噂を聞かない理由は、すべてここにあった。

完全に酔った野城は、自分がキスをしている相手が誰かもわからないようだった。しなやかな腕が、もどかしげに杉江の頬をさまよう。

「野城……」

「どうして名前で呼んでくれないんですか」

鼻にかかった声で、野城は文句を言う。杉江の腕を摑んだ細い指は、それを自分の腰へと運んでいく。

「名前?」

「高久。高久です……」

「そうだったな。高久」

積極的な野城に驚きながらも、されるがまましばらく様子を眺めることにした。

杉江の手の運ばれた場所にある野城自身は、キスだけですでに硬くなっている。指先に伝わる鼓動に、杉江は苦笑する。

「健吾さんは、まだ?」

「自分で確かめればいいじゃないか」

上目遣いに見つめられ、試すように言う。野城のようなタイプには出会ったことがない。

先ほど飲んでいた酒に微かに酔っている頭で、不思議な背徳感に浸《ひた》っていた。

自分が憎んでいる大澤が愛している男が、大澤と自分を間違えて誘っている。さらに杉江の言葉に応じ、ズボンのファスナーを下ろし、その中にあるものに手を伸ばしているのだ。

「触ってもいい？」

野城はそっと杉江に下着の上から触れて、うっとりしたような口調で呟いた。杉江は唇の端で密《ひそ》やかに笑い、小さく頷いた。

すると野城は嬉しそうに微笑み、取り出した杉江のものに躊躇なく舌を伸ばしたのだ。


深い深い海の底に落ちていた野城は、そこで頬を撫でる温かい掌の感触に、まるで覚えがなかった。大きな掌に長い指。それだけを取ればあの男と同じだが、温もりが違う。感触が違う。

「……ん」

遠くで、自分の名前を呼ぶ声がする。しかしこの声にも、覚えがない。誰の声だろうか。懸命に考えるが、すぐに浮かぶ名前がない。

頭の中が混乱していて、体の自由も利かない。

「そろそろ起きてシャワーを浴びた方がいい。眠いのはわかるが、これ以上寝ているとフライトに間に合わないよ」

フライト。その単語に、野城の頭が一気に覚醒《かくせい》した。

「やっと起きたね」

再び聞こえる声に、野城は目を見開いた。

「杉江さん……?」

先輩パイロットである、杉江空哉が、野城の眠るベッドの端に腰を下ろしていた。両手を野城の肩の脇に置き、上から顔を覗き込んでいる。

さらさらの前髪は額を覆い、整った顔には笑みが浮かんでいた。すでにパイロットスーツに身を包み、きっちりネクタイも結び、とても爽《さわ》やかな姿を見せている。

「どうしてここに……」

何が起きているのかわからない。

「理由を確認するのは、あとにした方がいい。これから二〇分でシャワーを浴び身支度を整え、即朝食を済ませなさい。一時間後にはチェックアウトをしなくてはならない」

顔の前に、杉江の腕にある時計が差し出される。七時を回ったところを示すその時計を眺め、野城は懸命に記憶を呼び覚ます。

昨日、野城は新機種のオブザーブで関西空港にやってきた。そして今朝は一〇時発の便で羽田に戻る予定だ。

　野城は慌ててベッドから飛び起きるが、一歩絨毯《じゅうたん》に足を下ろした途端、激しい頭痛に襲われる。同時に自分の格好に驚いて、その場にしゃがみ込んだ。

「どうした。体の調子でも悪いのか?」

　杉江はすぐに野城の様子に気づき、ベッドから下りて目の前に腰をかがめる。

「あ、あの、俺の服は……」

「背広はクローゼットに掛けてある。鞄《かばん》はそこ。昨日着ていた下着はまとめて袋に入れておいたから」

　杉江はあっさりと言って、何も身に着けていない野城の体の上にバスタオルを掛けた。

「昨夜のことを思い出すのも、あとにしなさい。とにかく今は、風呂に入って汗を流しておいで。……高久」

　杉江は自分を見上げる野城の額に、音の出るキスをする。野城は咄嗟に体を後ろに引いてその場に尻餅をつき、キスされた額に手をやって杉江を見つめた。

「な、にを……」

「おはようの挨拶だ。もっと深いキスをしたいところだが、それはあとの楽しみに残しておく」

　呆然としている野城の腕を引っ張るようにして立ち上がらせた杉江は、そのままバスタオルに包んだ背中を浴室まで押し込んだ。

「俺は部屋にいるから、何かあったら呼ぶといい」

野城はバスタブの前にタオルを落とすと、頭の上から熱い湯を浴びる。

「——何が、あった」

昨夜のことを必死になって思い出そうとするが、蘇ってくる記憶は断片的《だんぺんてき》でしかない。バーで飲んでいて、話を聞くために杉江の部屋を訪れたところまで覚えている。だが大澤の話をしている部分から、記憶が曖昧になっていく。

「もしかして」

嫌な予感が心を過《よ》ぎる。今のこの状況は、あまりに大澤と初めて出会ったときに似すぎている。酒を飲み、途中から記憶が怪しくなった。目覚めた自分の姿は、裸。

「そんなわけはない。だって杉江さん、普通の顔をしているし……」

しかし中山の件もあり、酔った自分の行動には、まるで信用がない。

野城は不安を振り払うようにバスタオルで体を拭い、曇ったガラスを手で拭って自分の姿を見つめる。二日酔いのために顔色は悪く眼窩《がんか》は落ち窪んでいる。

「ひどい顔だな」

自分の顔を眺めていたが、ふっと首元の陰が気になった。鎖骨《さこつ》のあたりに虫刺されのような痕《あと》が見える。鏡に寄って確認すると、それは陰ではなくて、赤い痕だった。

痒《かゆ》みも痛みもない。野城はこの痕に覚えがあった。

「嘘……」

呟くと同時に、全身に震えが走り抜ける。

何故、こんな痕があるのか。理由を考えようとしてぎりぎりで堪える。

「嘘だ」

自分に言い聞かせるように浴室から出ると、煙草を吸いながら新聞を読んでいた杉江が野城に気づいた。

「まだ髪が濡れているじゃないか。よく乾かさないと服が濡れてしまうだろう?」

杉江は野城の腕からタオルを奪い取ると、当たり前のように髪を拭う。やけに親しげな行為や言葉に引っかかりを覚える。どうしてなのか。野城の心の中で疑惑が増していく。

「あの、自分でしますから、手を……」

「何を遠慮しているんだ。昨夜はあれだけ激しく抱き合ったのに」

タオルに包まれた野城の頭の上で、杉江が笑いながらとんでもない言葉を口にする。

「抱き合った……?」

その言葉を繰り返す声が、ひどく掠れている。

「それとも、夜は夜、昼は昼ときっちり分けているのかな、君は。他の人の前ではそれも仕方ないけれど、俺の前では素直になってほしい」

タオルを取って自分を見つめる野城の耳元に、杉江は口を寄せてくる。

「昨日は最高だったよ。高久」

耳朶を軽く噛みながらの言葉に、野城は驚いて後ろに下がった。

「す、ぎえさんっ」

耳を押さえ顔を真っ赤に染め、野城は目の前の男を見つめる。

信じられなかった。杉江が何をしたのか、理解できなかった。

「おやおや。昨夜はあれほどまでに積極的だったのに。すべてを酔いのせいにするつもりか?」

杉江はタオルを手にしたまま、にやにや笑う。

「キスしてと甘えたのを忘れたのか? 自分で俺の手を腰まで持っていった上に、君の小さな口で、俺のものを丁寧《ていねい》に愛撫してくれたのに」

「嘘を言うのはやめてください」

野城の頭の中で杉江の言葉は、銀色の点滅となる。

「嘘じゃないよ。証明するものは……そうだな、君のここの痕ぐらいかな」

杉江は自分の鎖骨を指差した。野城は咄嗟にそこを手で覆う。鏡で確認した、赤い痕。あれはまさしく、キスマークだった。

「考えるのはあとにすればいいと言ったけど、食事の間にでもゆっくり思い出すといい。昨夜、自分が何をしたのか。俺に何を言ったのか。思い出したら、もう一度話をしよう」

杉江は咥えていた煙草の火を灰皿で消し、鍵を持った。

「朝食の場所は、昨夜行った最上階のバーだ。先に行っているから、君も早く来るように。鍵はオートロック式だ。ちなみに君の部屋の鍵は、そのテーブルの上に置いてあるからね」

まるで表情を変えない杉江は、先に部屋を出て行く。扉が閉まるのを確認してから、野城は全身に震えを感じてその場に蹲る。

「嘘、だろう？」

自分に問い掛けるが、戻ってくる記憶はすべて、酔って杉江を誘う姿ばかりだ。

言い訳するなら酔っ払って吹っ飛んでしまった理性の中で、野城は大澤と話をしていた。自分の頬にある大きな手の温もりもキスをする唇も大澤のものだった。

夢の中で野城は大澤のものを口で愛撫し、吐き出した欲望を飲み干した。そして自分も彼の手の中で存分に吐き出している。

「それから、それから、何をやった？」

すべて夢だと思っていた。夢だと思いたかったけれど杉江の言葉が確かなら、この夢のすべてが現実で、大澤だと思っていた相手が、杉江だったということだ。

自ら服を脱ぎ、ベッドに誘ったことまでは思い出した。けれどそこから先、見事にブラックアウトしている。

体に痛みはないし、違和感もない。けれど、それが杉江と最後までしていない証明にはならない。大澤との行為に慣れた体は傷つかず、快感だけ覚える術を心得ている。体内に杉江の残《ざん》骸《がい》が残っていないのも、コンドームを使っていたら当たり前だし、体も拭ってくれたのかもしれない。

『他の人間と飲みに行くな。中山なら大丈夫。杉江に気をつけろ』

いまさらながらに、大澤の言葉が蘇る。

大澤はもしかしたら、中山が自分に対してどんな気持ちでいるのか、知っていたのかもしれない。だからこそ「中山は大丈夫」で、杉江に対しては警戒しろと言ったのだろうか。

大澤の言葉の真意はわからない。でも言う通りにしていれば、こんなことにはならなかった。それを野城は些細な嫉妬や見栄で、自ら大きな穴に落ちてしまったのかもしれない。中山と飲んだときに、自分が酔っ払うとキスをする事実を、明らかにされていたのに。どうしてそこでもっと、自分に枷《かせ》をつけなかったのか。

後悔したところで、すべては後の祭りだ。自分のしでかした過《あやま》ちの大きさに、全身が震え、奥歯がガチガチ音を立ててきた。

「落ち着け、落ち着け。互いに一夜の遊びだと割り切れば、それで話は終わるはずだ」

心の中では割り切れていない。でもそう考えないと、立っていることさえ辛かった。

大澤を裏切った事実は消えてくれない。責めようと思えばいくらでも責められるし、自己嫌悪に陥ってしまう。

だからここで焦《あせ》れば焦るほど、話はややこしくなるだろう。野城は無理矢理自分に言い聞かせて気を取り直すと、やっとの思いで食事に向かった。

昨夜の美しかった夜景は、朝の清々《すがすが》しい景色に変わっている。鬱陶《うっとう》しかった雨は関西まで訪れることはなく、青い空に白い雲が綺麗だった。

連絡橋を跨《また》ぐように、早朝便が飛んでくる姿が見事だ。

「おはよう。昨夜の景色とはまた違うだろう」

何も知らない佐々木が、笑顔で野城に声をかけてくる。

「え、ええ」

「夜景は夜景で綺麗ですが、やはり飛んでくる飛行機の便数が羽田や成田とは違いますから、その分寂しいですよ」

曖昧な相槌を返す野城をフォローするように、先に食事をしていた杉江が言葉をつけ足す。

そして自分の横の椅子を示し、野城に座るように促す。上司の手前断ることもできず仕方なしに座ると、太腿《ふともも》に杉江の手が伸びてきた。はっとする野城に、唇の動きで尋ねてくる。

「思い出した？」

明らかに野城が混乱しているのを楽しんでいる。そんな杉江の態度にむっとしつつも、野城はぐっと堪えるしかなかった。

羽田への復路便は予定通り査察が入るため、野城は一般客席に座ることになっていた。ブリーフィングも参加できず、搭乗時間まで空港で時間を潰すしかなかった。

しかし一人でいると昨夜のことばかり気になってしまう。羽田に戻ると仕事が待っているのに、このままでは駄目だ。

なんとか気分転換を図ろうと、大丈夫だと自分に言い聞かせていた。

飛行はスムーズに進み、定刻に羽田に到着する。野城は先に降機《こうき》したが、礼を言うためにコックピットクルーが降りてくるのをゲートで待った。

すべての乗客が降りCAの姿が見えたあとで佐々木を始めとするクルーがやってくる。皆笑顔のところを見ると、杉江の査察は順調に済んだのだろう。

「どうもありがとうございました」

野城が頭を下げると、佐々木や日置は笑顔で会釈を返してくる。そのあとでやって来た杉江と目が合い、野城は再び頭を下げる。

「お疲れさまでした」

「野城くんこそ、お疲れさま」

そのまま見送ろうとする野城の腕を杉江は摑んでくる。

「あの……」

「このあと、フライトがあるんだろう？　せっかくだから、コントロールセンターまで一緒に行こうよ」

「いえ、俺は……」

「俺が行こうと言ってるんだよ」

強引な杉江の言葉と行為は、抵抗するのを許してくれない。羽田空港到着ロビーには人が溢れ、あまり派手なこともできない。

野城は仕方なく杉江に従うことにするが、腕だけは解放してもらった。

「少しは昨夜のことは思い出してくれたのかな？」

「……そのことですが」

前を向いたままの杉江に、野城は同じように前を向いたまま応じる。

「情けないことなんですが、俺は酔っ払ってしまうと、記憶が抜け落ちてしまうんです。もし本当に杉江さんがおっしゃる通りのことになっていたにしても、互いに大人の遊びも心得ている人間ということ……」

「それはどういう意味？　一度で終わらせようということ？　それとも、忘れようとでも言うのかな？」

「どちらでも、杉江さんの良い方の解釈で構いません」

責められるような言葉に、居たたまれない気持ちになりながらも、なんとか平静を装った。

大澤とのときのように、自分を被害者に話を進めるわけにはいかない。少なくとも最初のキスは、自分から仕掛けているのだ。

「ふーん……まあ、君がどうしてもと言うのであれば、俺はいいけれど」

「本当ですか?」

「ただし、君と大澤の関係が外に出てしまっても、俺は責任持たないけれどね」

一瞬喜んだものの、冷ややかな口調に、野城は息を呑む。数歩進んだ場所で杉江はゆっくりと野城を振り返る。

「どうした?」

「いったい、なんの話ですか」

「本当に君は、昨夜のことを綺麗さっぱり覚えていないみたいだな。羨ましいね、そこまで忘れられるなんて」

杉江は呆れたように言い、野城を蔑《さげす》む視線を向けた。野城の驚く表情を見るのが楽しいのか、杉江の口元はずっと笑っている。

立ち止まった二人の横を、急ぎ足で人々が歩いていく。

「覚えていないというのなら、教えてあげようか。君は俺に抱かれながら、はっきりと大澤の名前を口にした。健吾さん、だったかな。甘い声でせがんで両足を大きく開いた。あんな声で誘われたら、誰だってその気になる。舌遣いも見事だった」

「杉江さん……っ」

野城のすぐ横まで戻って来て、周囲には聞こえないぐらいの囁きで昨夜の出来事を語る。杉江の口から明らかにされる事実に、堪えていた平常心や無表情が音を立てて崩れていく。

「君は色々なことを俺に教えてくれた。大澤が君をどんな風に抱くか、どんな言葉を囁くのか。どんな体位《たいい》が好きなのか。将来有望な、海外からわざわざ引き抜いてきた機長がゲイだなんて知れたら、さぞかし大変なことになるだろうね。大澤はもちろん、彼を引き抜いてきた、君の保護者の江崎さんも……」

「やめてください」

耳を塞《ふさ》ぎたい衝動をぎりぎりで堪える。大澤のみならず、江崎の名前まで持ち出されては、もはや抗《あらが》う術はない。

「……何が望みなんですか」

野城は小さく息を吸った。一夜の出来事にしようと言った野城を、大澤との関係を明らかにすると脅《おど》してくる。おそらくなんらかの要求があるのだろう。

腹の中に沸《わ》き起こる怒りを押さえ込み、杉江の心を量《はか》ろうとした。

「望み？」

大澤とはタイプが違うが、一目見て格好いいと思える男の顔には、嫌味な笑みが浮かんでいる。そして細い顎をしゃくり、野城を窺《うかが》うように見つめたまま、ゆっくりと口を開く。

「どうやら俺は、君に惚れたみたいなんだ」

思いもしなかった言葉を吐き出され、野城は目を見開く。

「それは……どういうこと、ですか」

「どういうことも何も。これからも君とつき合っていきたいと思っているだけだ。他には何も望まない」

肩を揺らして笑う男の真意が、野城にはわからない。だが少なくとも、惚れたというのは口実だろう。自分とつき合うことでの彼の利点は、大澤に対する見せつけ以外、思いつかない。

「大澤と諍いをせず、彼の立場を守り、そして江崎部長のことを考えるなら、安いものだろう。俺の相手をすることなんて」

嫌な笑い方をする杉江の顔を、野城は何も言えず唇を嚙み締めたまま、じっと見つめた。そんな野城の表情に満足したように、スーツのポケットから手帳を取り出し、そこに入っている名刺に何かを走り書きした。

「俺の携帯の番号だ。オフの日も書いておいた。都合がつく日に連絡をくれ」

杉江はその名刺を野城のスーツのポケットに差し込む。そして強張った野城の頰をさらりと撫でて、余裕の笑みを浮かべる。

「楽しみだよ。これから訪れる君との、愛欲の日々を思い描くとね」

そして思わせぶりな口調で野城の耳元で囁くと、周囲にわからないよう、柔らかな耳朶を強く齧《かじ》った。

「……っ」

「それじゃあ、電話、待っている」

野城が慌ててそこを押さえると、掌にうっすらと赤い痕が残った。まるで自分の愚行《ぐこう》を責めるようなその傷に、心までもが血を流しているような気持ちになる。


仕事を終え家に帰った野城に、追い討ちを掛けるように、留守番電話には二件のメッセージが残っていた。一件は珍しく大澤からのものだった。

『シックスマンスチェックの日程が決まった。八月二〇日から三日。そのあと四日は連休になっている。高久のスケジュールはどうなっている？　また連絡をする』

「どうしてこんな日に……」

打ちのめされた気持ちで、何度も何度もそのメッセージを聞き直す。

本当なら嬉しい情報のはずなのに、そのあとで入っているメッセージに、完全に打ちのめされた。

『杉江です。君は昨夜、電話番号も教えてくれたよ。逃げようと思っても、俺からは逃げ切れない。電話、待ってる』

嘲笑《ちょうしょう》を含んだ声に野城は頭を抱えた。

愚かなのはすべて自分だ。何もかも、自分の不注意とミスから起きた。どうして杉江と一緒に飲んだのか。どうして彼を、大澤と間違えてしまったのか。

なぜ――――彼を誘ってしまったのか。

酔っていたことだけを、理由にできない気がする。

後悔しても何ひとつ始まらない。野城はしばらく電話の前で考え込んでいたが、やがて諦めたように、スーツのポケットに入っている名刺を取り出す。そして受話器を取り、そこに書かれている番号を慎重にプッシュする。

やがてコールが鳴り、回線が繋がる。

『杉江です』

聞こえてくる声が、死刑執行人のものに思えた。野城は、この声をよく覚えている。大澤と間違えて抱きついたのはこの声の持ち主だ。

時間を経《へ》るごとに野城の意識は明白になり、自分自身を打ちのめしていく。どうせ忘れるのであれば、一生思い出さなければいい記憶が、少しずつ蘇ってきてしまう。

「突然に申し訳ありません。野城です」

自暴自棄《じぼうじき》な気持ちになりながら、野城が静かに名乗ると、電話口で相手が笑う声が聞こえた。

その声に、野城の背筋がだんだん冷たくなっていった。

4

夏休みを迎えた七月下旬から八月中旬まで、航空業界は繁忙期《はんぼうき》に入る。国際線の利用者が増え、軒並《のきな》み乗船率は九〇パーセントから一〇〇パーセントの数字を出す。

そのピークを過ぎた八月末になって、大澤はシックスマンスチェックに入った。

八月下旬。まずは指定の病院で身体検査を行い、法定の診断書を作成したのち、羽田の訓練センターで知識検査を行う。

筆記試験と口頭試験ののち、二日にわたる、シミュレーター訓練が待っている。

「明日の午後二時よりシミュレーター訓練に入りますので、三〇分前に受付を済ませてください。お疲れさまでした」

そろそろ残暑《ざんしょ》を迎える時期ではあるが、冷房が入っている部屋でも窓から太陽の光が射し込むと汗が滲《にじ》んでくる。

訓練センターの出入り口から見える、アスファルトがやけに眩《まぶ》しい。

「暑そうだな」

大澤はぼそりと呟く。

帰国して最初に迎えた昨年の夏を思い出す。気温はアメリカの方が高いこともあるが、肌にまとわりつくような湿気が少ない分、日本よりも過ごしやすい。

じっとしていても暑い部屋の中、冷房もかけずに野城と汗みどろになりながらセックスしたことがある。野城はまだ大澤に対して打ち解けていなかったものの、セックスに開花し始めた時期の微妙な艶が、体からは滲み出ていた。

大澤は制服の半袖のシャツの胸ポケットから、レイバンのサングラスを取り出す。ふっと野城の姿を思い描きながら、額に落ちている前髪を軽くかき上げた。

湿気を含んだ夏の暑さに眉間に深い皺《しわ》を刻むと、思わずそのまま今出て来たセンターの中に戻る。今の時間帯が、一日で一番暑い時間だ。わざわざこの時間に動いたりせず、少し太陽が傾くのを待ってから動いた方が正解だろう。

そう判断してサングラスを外して踵《きびす》を返すと、廊下の向こうから人が二人歩いてくるのが見えた。半袖のシャツにネクタイ。肩章は三本線。副操縦士だ。

「あれ」

真っ直ぐ前を向いていた相手が先に大澤に気づいた。

「大澤さんじゃないですか。こんなところでお会いするなんて、珍しいですね。どうしたんですか？」

屈託のない笑顔を大澤に向けてくるのは、野城の同期の中山英輔だ。元々がっしりとした体格の持ち主だったが、しばらく会わない間に、さらに一回り大きくなったような感じがする。

「シックスマンスチェックで、たった今口頭試験が終わったところだ。君たちは?」

中山の伸ばしてきた手と握手を交わしたあとで、大澤は自分の視線を後ろにいる男、杉江に向ける。杉江は中山と異なり大澤の顔を見て一瞬眉を動かすものの、これまでのように即突っかかってくることはなく、笑みを浮かべて大澤の表情を窺っていた。

「七七七―三〇〇へ機種変更するので、最終的なシミュレーター訓練の途中です」

「機種、変更? ああ、そういえば……」

江崎から、杉江も機種変更の申請を出したと聞いていた。

「新機種の乗り心地はどうだ?」

「良いですよ、思っていたよりもずっと。機体の長さにまだ慣れないこともありますが、楽しいっす」

中山は、持ち前の性格でシミュレーターでのミスを面白おかしく語っていたが途中で教官に呼ばれた。

「すみません。ちょっと」

軽く会釈をして中山が離れると、杉江と大澤が残された。廊下の両側には大きな窓があり、羽田空港からはひっきりなしに旅客機が空に向かって飛んでいく姿が見える。

「元気にしているのか」

その飛行機を見つめていた杉江の横顔に、大澤は自分から声を掛ける。

杉江はそれに対してちらりと目だけを大澤に向け、「ああ」と短く返してくる。

杉江の姿をまともに見るのは、例の成田便の仕事が終わったあと初めてのことだった。片瀬の一件で口添えをしたあと、実際杉江がどうしているか気になっていた。かといって、大澤から直接杉江に確認を取るわけにもいかず、風の噂で伝わってくる情報を頼りにするしかなかった。

自分への確執から、恋人である野城に対して手を出そうとしている。そんな話が、どこからともなく伝わってきたせいもあって、不安は余計強くなった。だから実際自分の目で杉江の姿を確認できて、大澤はなんとなくほっとしていた。

行き違いが先行しているが、大澤の中で杉江は大切な友人の一人だ。航大時代の大澤は今よりも自意識過剰で倣岸不遜な人間だったが、杉江はそんな大澤と渡り合える、類稀《たぐいまれ》な人物だったのだ。

杉江が自分に対しどんな感情を抱いているかわかっていてなお、大澤はその想いを捨て切れなかった。長年にわたるややこしく絡み合った糸は簡単には解れない。でも同じだけの長い時間を掛ければ、いつかわかり合える日が訪れるだろうと思っていた。

「機種変更、色々大変だと思うが、頑張ってくれ。期待して……」

窓を見つめたまま振り返らない杉江の背中に、大澤は声を掛ける。

「この間、ＯＪＴの便に江崎さんの秘蔵っ子が乗ってきたよ。オブザーブ乗務で、関西空港ステイだった」

大澤の言葉を遮《さえぎ》るように、口を開いた杉江は、窓枠に手をついたままゆっくりと振り返る。

「江崎さんの秘蔵っ子？」

その言葉で思い浮かぶのは野城だ。しかしなぜこの場で杉江が、野城の話をわざわざ出してくる理由がわからない。

大澤は腕組みをして、同期の様子を窺う。

「遠目でしか見たことはなかったから、間近で見たとき、想像以上に綺麗な顔をしていたことに驚いた。もちろん、綺麗と言っても、松橋ほどではなかったけどな。顔のわりに性格がきついという噂も聞いていたが、実際はそれほどでもなかった」

杉江は意味深な笑みを浮かべた。

「何が言いたい？」

大澤は腹の底で沸き上がる感情を押さえつけ、話を最後まで聞くことに決める。

「俺がお前に対して申し訳ないと思っていると言ったら、それまでの疑心暗鬼《ぎしんあんき》な様子まで消えた。機長と食事をしたあとバーで一緒に飲んで、もう少し話をしようと部屋に誘ったら、何も疑いもせずのこのこやってきた」

杉江は顎をしゃくり上げる。あくまで大澤の様子を上目遣いに窺いつつ、言葉を選びながら話を続ける。

「彼はずいぶんと酒に弱いみたいだな。あんなんじゃ、君もさぞかし大変だろうね」

そして満面の笑みを浮かべ、杉江は大澤の顔を見つめた。

「彼ほど淫らでいやらしい男、他には知らない」

「……何を、した？」

瞬間、大澤の中で堪忍袋の緒《お》が切れる。事前に聞いていた噂が現実味を増し、嫌な予感が現実化する。

二人の間で鋭《するど》い視線が絡み合い、緊張は火花が散る寸前にまで上り詰める。まさに一触即《いっしょくそく》発《はっ》の状態だった。

「杉江さん。お話し中のところ申し訳ありません。教官が呼んでいます」

廊下を走って戻って来た中山が、遠くの方から大きな声で杉江を呼ぶ。大股《おおまた》でどかどか走る音が聞こえ、殺気《さっき》立った雰囲気が一瞬にして消えていく。杉江は中山の声にふっと笑う。

「わかった、すぐ行く。それじゃあ、大澤。またいずれ会う機会があると思う」

最後まで意味深な笑みを浮かべたまま、核心部分には触れずにその場を離れていく。そんな表情が、大澤の神経を逆撫でする。

「杉江さんと和解されたんですか？」

何も知らない中山が、能天気に大澤に尋ねてくる。大澤は横目でちらりと中山に視線を移し小さく息を吐き出し、ゆっくりと体の向きを変えた。

「最近、高久と会っているか？」

あえて「野城」ではなく「高久」と名前で確認を取る。中山は「いえ」と首を左右に振った。

「実は七月に、ちょっと喧嘩《けんか》っていうか、理由はよくわからないんだけど高久が怒っちゃってから、顔、合わせていないんです」

中山は困ったように頭をかいた。

「確か飲んでるだろう、高久と。そのときに喧嘩をしたのか？」

「別に俺、高久が嫌がることなんてしていませんよ」

中山は慌てて自分の言葉をフォローするが、大澤はそのことを気にしていなかった。

中山が野城のことを好きだった事実は、一緒に飲んでいた中山から、酔いつぶれた野城を迎えに来るよう呼び出されたときにわかった。中山は野城と大澤のことを知ってからも、野城のそばにいる。

嫉妬しないと言ったら嘘になる。でも、信用できる存在だと大澤にはわかっていた。

二人が飲んだ日はおそらく、大澤が野城にニューヨークから電話した日だろう。電話口に出たあのときの野城の様子を大澤は思い出す。

「杉江が高久に接近する理由を、君は知ってるか？」

「なんかあったんですか？」

尋ねる中山を、大澤は無言で睨んでくる。

「え、と、実は俺も疑問だったんです。シミュレーター訓練のときに、杉江さんから高久について聞かれたりしたから、その七月に飲んだときに、杉江さんが機種変更をする話をして確認したんです。本人に。でも高久もよくわかっていなかったみたいで……あと俺がなんとなく気にかかってるのは、杉江さんの妹さんの噂をちょっと……」

「噂?」

大澤の鋭い瞳が、中山を睨む。

「飛鳥さんが大澤さんのことを本気で好きで、国際線に移行したのも彼女の一方的な思い込みじゃなくて、大澤さんが誘ったからだっていう……」

「なんだ、その話は」

いかにも不機嫌な口調に、中山は肩を竦めた。

「あの、飛鳥さんが国際線に移行したのは、大澤さんが国際線に行ったからって話は俺たちの間では有名で……それですみません」

中山の様子に、大澤はため息をつく。

「謝る必要はないが、他には何かあるか?」

「あとはもう、高久が杉江さんの便にオブザーブ乗務したあと、二人が一緒に食事をしているところを誰かが見たとか、そういう噂は聞いていますが、それ以上のことはわかりません」

「……わかった、ありがとう」

「あの、大澤さん、高久、大丈夫でしょうか」

歩き出そうとする大澤を引き止めた中山は、心配そうな表情を見せる。

「大丈夫だ。俺がなんとかする」

その返事を聞いて、中山は一瞬唇を噛む素振《そぶ》りを見せたあと、深々と頭を下げた。

大澤は杉江と中山から聞いた話を総合して考えてみた。

シックスマンスチェックの日程が決まってからずっと、大澤は野城に連絡をしている。しかしたいていの場合留守で、残したメッセージに対する返事もない。

偶然電話で捕まえることはできても、彼は怯《おび》えたような口調で、忙しいの一点張りだ。一度は家まで押しかけたのに、オフのはずにもかかわらず家に帰ってこなかった。

避《さ》けられているのかもしれない。その結論に思い当たったものの、理由がわからなかった。

唯一考えつくのは、国際電話を掛けたときのことぐらいだ。でも、自分のどの発言が野城を怒らせたのか、大澤にはわからなかった。国際電話をかけたのも、野城に聞きたいことがあったからだ。でも、できていない。

風の噂に聞いた杉江の話は、どうやら噂で片づけられないことを知った。

杉江は大澤の予想以上に、野城に接近している。

なんとしても、野城と話さねばならない。けれど、そのきっかけさえ掴めない状態で杉江に思わせぶりな台詞を口にされて、どうしたらいいのかわからなくなっていた。

「くそ……」

足元の壁を蹴飛《けと》ばした。

これまで恋愛について、自分の思い通りにならないことなどなかった。けれど野城に関する部分ではわからないことばかりだ。

「ったく、俺にどうしろと言うんだ」

頭の中に浮かぶ野城の憂《うれ》いを含んだ瞳に、大澤はじれったさを覚えた。

誰よりも大切だと訴えているのに、野城はするりと大澤の腕の中から逃げていってしまう。これまで様々な人とつき合ってきたが、こんなことは初めてで、まさにお手上げだった。

「それで……」

自分の目の前に座った男に対し、『管制塔のラプンツェル』と呼ばれる松橋は、前に座る男を眺め、大きなため息を吐いた。

しなやかな指の間に挟まった煙草から、天井に向かってゆらりと白い煙が上がっていく。

面長で彫刻のように滑らかで綺麗な輪郭。顎のラインの長さまで伸びている濃い茶色の柔らかそうな髪の毛は、かつて腰の位置までの長さがあった。顔の造りは見事なまでに左右対称で、一重でありながら瞳は大きい。鼻梁《びりょう》は真っ直ぐで唇は薄く、そして紅を刺していなくても濡れてつややかな赤い色をしている。

美しいという形容以外当て嵌まらない顔の持ち主の性別は男で、三五歳であると言っても、誰も信じないだろう。

さらに松橋の発する声は、無線を通してもなお透き通り、落ち着いた印象がある。

そんな羽田の管制塔に勤める航空管制官の松橋は、夏用の麻地のシャツに綿パンというラフな格好をしていた。そして煙草を口に咥え、肺に溜めた煙を目の前の男に向かって思い切り吐き出した。

「私に何をしろと？」

感情を示さない瞳で大澤を見つめ、冷たい口調で言い放つ。整いすぎた感のある松橋の表情は、冷めた目をすると壮絶《そうぜつ》なまでに美しさを増す。

たいていの人間なら、この目で睨まれた段階でもろ手を挙げて降参するところだ。でも長い間松橋を袖にし続けた大澤には、なんら効果はなかった。

大澤にとって松橋はいつまで経っても、学生時代につき合い、自分を思っていた存在から、成長も変化もしないのかもしれない。

大澤は前触《まえぶ》れもなく松橋を自分の家まで呼びつけた挙げ句に、突然杉江と野城の話を並べ立てた。

松橋は大澤の話を聞きながら、複雑な気持ちになった。

何しろ自分と大澤には体の関係が存在し、杉江と松橋の間にも数える程度ではあるが関係があった。

大澤と野城は、現在恋人同士だ。松橋当人にもグランドハンドリング会社で働く年下の恋人がいるし、大澤もそれを知っている。野城と大澤の仲が混乱しているときには、手助けしたこともある。

が、こうして大澤と二人だけで対峙《たいじ》するとややこしい思いが生まれるのも、事実なのだ。

大澤の左手にある腕時計は、松橋がかつて誕生日のプレゼントとして贈ったものだ。大澤はなんの意味もなく使っているのだろうが、贈った側の松橋の方では、特別な意味を持っている。

しかしそんな松橋の気持ちをまるで知らないだろう大澤は、まるで悪びれた様子もなく自分の恋人との痴話喧嘩の仲立ちを松橋に頼んでくる。さすがに松橋は大澤の人間性を疑いたくなった。

「杉江が高久に何を吹き込んだのか、それを知りたい」

もう、文句を言う気力もなくなっていた。おそらく田中がこの話を聞いたら激怒することは間違いないが、松橋は強く断れない。大澤に幸せになってほしいのは事実で、いつかの自分を思い起こさせる野城の世話を焼きたい気持ちも、嘘ではない。

「――空哉とは、ここ何年も話をしていません」

「そうなのか？」

「そうですよ」

驚いた表情を見せる大澤に、誰のせいで話ができなくなったのかと言い返したくなりながら、心の中でぐっと堪える。

「とにかく、高久と連絡を取ってくれ。俺に対して怒っているだけならいいんだが、杉江が理由で悩んでいるのなら、なんとかしてやりたい」

大澤は腕の中に自分の頭を抱え込み、髪をかきむしる。人前で悔しそうに唇を噛む姿を見せることなど、かつての大澤からは想像できなかった。プライドが高く傲岸不遜で自分のことしか考えなかった男が、今は野城高久という一人の男の言動に過敏に反応し、一喜一憂《いっきいちゆう》している。

「幸せなんですね……貴方も野城くんも」

松橋はぼそりと呟いて、立ち上がる。顔を上げた大澤に、笑顔でもって応じる。

「私に何ができるかわかりませんが、とりあえず連絡を取ってみます。ですがなんの情報も仕入れることができなくても、文句は言わないでくださいよ」

松橋の言葉に小さく頷いてみせるが、野城のことで頭がいっぱいの大澤が、どこまで真剣に話を聞いているのかわかったものではなかった。


大澤の家を出ると即、松橋は携帯電話で迎えを呼ぶ。待ち合わせに指定した大通りに沿って歩きながら、大澤の話を思い出していた。

杉江がなぜ野城に接近しているのか、松橋には予想がついていた。

これまでの過去を考えれば、そして野城と大澤の関係さえ知っていれば、その答えは容易に導き出せる。実際杉江の周囲の人間から、その理由も漏れ聞こえている。

杉江の興味は野城にはない。

学生時代から現在まで続く大澤に対するコンプレックス、そして執着が、いつしか憎しみに変わっていた。自分のプライドを守るために彼は、大澤の弱点を探していた。そして辿り着いたのが、野城だ。

大澤は野城とのつき合いにおいて、非常に気を遣っている。彼自身はオープンな人間だが、繊細な神経の持ち主である野城に余計な心労を掛けないよう、慎重に動いているのだろう。その点で杉江が野城の存在に気づいたのは、見事かもしれない。

しかし、と考えが停止する。彼は野城に接近して、それから何をするつもりなのだろうか。

「……まさか、ね」

大澤との確執を除けば、杉江は冷静で頭のよい男だ。そんな彼に限って、そこまで愚かな行動に出ないだろう。

頭に浮かんだ考えを否定し、隣りに滑《すべ》るようにしてやってきた車に気づいて足を止めた。

助手席側のウィンドウが開き、運転席に座っている男が体を伸ばしてくる。

「お待たせ」

脱色して茶色の短い髪の田中は、松橋に笑顔を向けてくる。人懐こい笑顔にほっとして、眉間に皺を寄せて考え込んでいた松橋も笑顔になる。

「ありがとう」

助手席に座って扉を閉めると、車高を低くした車は、低いエンジン音を立てて走り出す。松橋は運転席に座る男の肩に頭を預ける。田中は何も言わず、ただ黙って松橋を包んでくれる。触れた場所から伝わる体温に安心して、松橋は静かに目を閉じた。


沖縄便のフライトを終えて野城が家に辿り着いたときには、午後九時を回っていた。八月になって連日真夏日が続き、機内と外気との気温差に体力が消耗《しょうもう》する。空港から電車を乗り継いで帰る気にはなれずタクシーに乗ったが、途中事故があったため、思っていた以上に時間も料金もかかってしまった。

精神的に非常に疲れていた野城は、部屋に入って即パイロットスーツを脱ぎ、そのまま浴室に向かう。ざっと汗を流して上下ジャージに着替えて部屋に戻ってくると、留守番電話のランプの点滅に気づく。表示は二件。

一件は大澤だろう。ここのところ、続けざまにメッセージが残されている。ちょうど今の時期、大澤はシックスマンスチェックのため、羽田の訓練センターに来ている。

以前連絡があったとき、カレンダーに予定をきっちり書き込んだ。

会いたい。どうしようもなく会いたい。けれど――、会えない。

遠目に姿を目にしただけで胸の痛む想いをしていながら、野城は逃げなければならない。

大澤は一度、家まで来ている。その姿を確認した野城は、走り寄って抱きつきたい衝動に駆られながら、遠くでじっと見つめるしかできなかった。今の状態で大澤と会ってしまったら、迷惑をかけるだけだ。

暑い中、一時間は玄関の前で野城の帰りを待っていた。何をするでもなく煙草を咥え、壁に背中を預けていた。

二人で会うときは常に大澤の家だったから、野城は自分の部屋の合鍵を渡していなかった。汗を拭い、人の気配にいちいち顔を上げる姿を見ていて、泣きたくなった。どうしてこんなことになっているのか、情けなくて仕方がなかった。

あのときのことを思い出してしばらく電話を見つめていたが、やがて再生ボタンを押す。

『大澤だ』

聞こえてくる大澤の、語尾が掠れる低い声に、野城の全身が震える。神経がすべて耳に集中していくのがわかる。

『今日も留守か。避けられているのはわかっている。でも、その理由がわからない。俺のせいなら俺のせいで構わない。いずれにしろ、とにかく一度話をしたい。会いたい。高久にどうしようもなく会いたい』

そこでメッセージは途切れる。野城はもう一度、同じメッセージを再生する。

『会いたい。高久にどうしようもなく会いたい』

最低のことをしている自分に対して、大澤は泣きたくなるぐらい優しい。それも何も知らないからだと思うと、切なさに胸が苦しくなる。

大澤のメッセージが終了し、次の用件が再生される。

『俺だ。今、新宿の京王《けいおう》プラザにいる。部屋番号は……』

杉江の有無を言わさぬ言葉に、膝から力が抜けていく。関西空港のホテルでの一件以来、ことあるごとに野城に連絡してくるようになった。

互いのシフトの都合で回数は多くないが、野城が忘れようとしている過ちを必ず蒸《む》し返し、大澤の名前を引き合いに出してくる。

最後の行為まで及ぶことはなかったが、一度仕事のために赴《おもむ》いたフライトコントロールセンターで出くわし、五階のトイレの個室に連れ込まれ自分のものを握られた。外の気配に怯え、嫌だと強く拒むこともできず、扉一枚隔《へだ》てた場所で人の声を聞きながら、射精せざるを得なかった。

『嫌だと言いながら、好きだね』

嘲笑う杉江に、そして同時に自分に対しどうしようもなく腹が立った。

けれど無視するわけにはいかない。大澤との仲をばらされないためにも、彼の名誉を汚《けが》さないためにも、杉江とはきっちり話をしなくてはならない。

このままずるずる彼の言いなりになっていても、なんの解決にもならない。

野城は強く決意して、なんとか立ち上がる。改めて半袖のシャツとジーパンに着替え、財布だけを持った。

コシのない柔らかい髪にはまだ水分が残っていて、汗の滲む額に張りついてくる。背中にもすぐ汗が噴《ふ》き出して、それがまた苛々《いらいら》を煽るのだ。駅まで歩く気にはなれずやってきたタクシーに乗り込み、行き先である京王プラザホテルの名前を告げる。

「今日も蒸し暑いですね。近々台風がやってくるみたいなことを天気予報で言ってましたけど、そのせいでしょうか」

「そうかもしれませんね」

夏の季節、台風や積乱雲《せきらんうん》など、飛行機の巡航《じゅんこう》を遮る自然現象が多い。夕立も雷《かみなり》も、飛行の妨《さまた》げになる。

今年の夏は台風の発生が遅く、さほど影響は受けていない。でも沖縄や九州便が多くなっているため、必要以上に気の抜けない仕事となる。

一般道路を走っても、京王線の千歳烏山から新宿までは、三〇分強で辿り着いた。エントランス前で降り、指定された階までエレベーターでそのまま上がっていく。

しかし強い決意のもと意気込んでやってきたにもかかわらず、いざ部屋の前に来ると、膝が竦んでしまう。

野城は何度か深呼吸をして、気持ちを落ち着けると思い切って呼鈴を鳴らす。すぐに鍵が開く。

「遅かったな」

押し開かれた扉の内側に立つ男は、バスローブ姿だった。

あの日から、この男が野城を見る目は、常に蔑むようなものになっている。

「もう、終わりにしてもらえませんか……」

野城は部屋に入ってすぐの場所で、視線を床に落とした。部屋の奥へ進みかけた杉江の足が途中で止まり、ゆっくりと野城を振り返る。

「何を」

「大澤さんとの関係を公表されないために、どんなことでもします。でも……こんな風にされるのは、我慢ができません」

「どんなことを言ってる？　具体的な言葉にしてくれないと意味が通じないよ」

野城が何を言おうとしているのかわかっていながら、杉江はあえてそこを濁《にご》して当人に言わせようとする。

「俺は……本気で大澤さんのことを愛しています。だから、俺自身は他の人になんと言われようと気になりません。でも、俺のことが原因で大澤さんに迷惑がかかるのは我慢できません」

ぐっと拳《こぶし》を握り締める。

「本来なら大澤さんのためならなんでもできるつもりでいました。なんでもするつもりでいました。でも、貴方とこういう関係を続けている限り、大澤さんの前に立つことができないんです。だから……だから、お願いですから、もう……」

「俺との関係はすべて黙って、あいつの元に戻るつもりか?」

俯いた野城の頭の上を低い声が通り過ぎていく。

「そうするつもりです」

一瞬躊躇しながら、頷きで答える。

大澤との約束を破った結果だ。

罪悪感は免れないが、黙っている以外に大澤のそばにいる方法はない。自分の犯した罪は消えない。だが、彼なしでは生きていけない。

自分がそばにいることで負担にはなりたくない。杉江から聞かされた将来への危険性を考えないわけではないが、今は考えないことにした。

とにかく、今は大澤に会いたい。抱き合いたい気持ちが優先している。

すぐに了承してもらえるとは思っていない。それでも野城は、杉江に頼むつもりだった。土下座しても構わない。とにかく大澤に会うために、杉江との関係は清算しておきたかったのだ。もちろんいつまでも、大澤に永遠に隠しとおせるとは思っていない。いつかは自分の罪を贖《あがな》わねばならない日が訪れるだろう。

だがそれまでは、一分でも一秒でも大澤と一緒に過ごしたい。

「まあ、いいか……なんだよ、その目は」

あっさり言い捨てた杉江は、驚きの目で顔を上げる野城に対し笑った。

「解放、して、頂《いただ》けるんですか……」

「しょうがないだろう。それだけ真剣なら、他の部分で大澤に思い知らせる理由を考えるしかない。俺は、そんなに卑怯《ひきょう》な人間じゃない」

杉江は肩を竦め、体の向きを変えてベッドに腰を下ろす。

「杉江さん」

野城は杉江の元まで走り寄り、興奮気味に目の前の男に頭を下げる。

「ありがとうございます。あの……」

「ただ、今日までは言うことを聞いてもらおう。それを受け入れてくれるなら、明日からは何もなかったことにしても構わない。それでどうだ?」

杉江はベッドサイドのテーブルにある煙草を取り、微かに背中を丸めるようにして火を点ける。白い煙がゆらりと天井に昇っていく。

「本当に……今日まで、ですよね？」

「ああ、今日までだ」

野城は微笑する杉江の顔をしばらく見つめていたが、やがて小さく頷いた。

ここで考えるだけの余裕は野城にはなかった。

「わかりました」

「交渉成立だね。じゃあ、服を脱いでそこに立ってくれるかな？」

野城の返事を聞いて、杉江は野城に命令する。

「杉江さんっ、俺は…」

「今日まではという、約束だ。あと数時間ぐらい、我慢できるだろう？　もちろん、嫌だという権利は今の君にはない」

あくまで余裕の態度を崩さない杉江に、野城は唇を噛み締めて瞼を伏せる。

ここで杉江の気持ちを損《そこ》ねてはすべてが台無しになるだろう。だから野城は最後の最後、もう一度勇気を振り絞って、シャツのボタンに手を掛けた。杉江の視線を感じ、緊張から震える指先で、なかなかボタンが外せない。

やっとのことでシャツを脱ぐと、ジーパンに手をかけた野城に、追い討ちをかけるように「下着もだ」とつけ加える。野城は戸惑いの視線を向けるが、杉江は首を左右に振る。

アルコールの一滴《いってき》も入っていない、まるきりの素面で人前で裸になる屈辱に、野城は泣きたくなっていた。けれど、ここで泣いてしまったら、杉江の思うツボだ。だからただひたすらにぐっと堪えて、着ている物をすべて脱ぎ捨てた。

「こっちにおいで」

全裸になった野城を、杉江は招き寄せる。

目の前までやってきた野城の細腰に、杉江は煙草を咥えたままそっと腕を回し、腹に頬を寄せる。

「煙草が……」

「大丈夫。君の綺麗な肌に火傷の痕をつけるなんてことはしない」

咥え煙草で喋《しゃべ》るたび、灰が舞う。さらに先端で燃える赤い炎を気にしながら、胸に伸びる男の手から逃れるべく、野城は顔を横に向ける。

「松橋の肌も綺麗だったが、君の肌も男とは思えないほどキメが細かくて滑らかだね。火傷まではいかなくても、傷つけたい衝動に駆られるのは男の性《さが》かな」

冗談とは思えない言葉を吐きながら、杉江は自由に肌の上を掌で撫で回し、前から後ろへと移動させる。背中の肩甲骨《けんこうこつ》の後ろを撫でられて、背筋が震える。

「動くと危ないよ」

そう言いながら、自分からは煙草を退《しりぞ》けようとはしない。それどころかさらに体を近づけ、丸みのある臀部《でんぶ》に両手を回し、双丘を撫で、指をその合間に伸ばしてきた。

「ん……っ」

野城は込み上げる声を必死で堪え、できる限り男の掌の温もりを感じないようにする。頭の中でコックピットで操縦する自分の姿を思い描いていると、僅かながらでも気が逸れる。ライトシートに座りテイクオフの準備を整えるために、準備をする。バッテリースイッチをオンにして、ランディングギアレバーをダウンする。レーダースイッチをオフ、それから……。

「ずいぶん、頑張ってるな」

しかし男の煽るような声に、目の前にあった映像が一瞬にして消え失せ、今どんな状況に置かれているかを思い出してしまう。足の間を弄《いじ》る手は野城のものを根元から撫で、先端に向かって爪を立てながら移動していく。

「くっ」

微かな痛みを伴《ともな》う刺激に、野城はぐっと奥歯を噛み締める。

「まだ強情を張るつもりなのか?」

杉江はそんな野城を嘲笑う。そしてベッドから下りると、咥えていた煙草を指に移し、冷ややかな笑みを浮かべたまま重力に従い大人しくしているものに、濡れた舌を伸ばしてきた。

「……ん……っ」

先端から舌の先で突つくようにして徐々に深く嘗め上げられると、血液が急激にそこに集まっていくのが、野城にもわかった。

「君は本当に可愛いよ」

満足そうに言いながら右手で臀部を、左手で快感を示す正直な部分を強く愛撫し始める。

「す、ぎえ、さん……」

浅ましいほどに張り詰めていく自分の姿に羞恥を覚え、腹の辺りをさまよう煙草の火を避けながら、杉江の手に自分の手を伸ばして抗ってみる。けれども杉江はそれから容易に逃れて、さらに強い愛撫を与えてくる。

「ああ……っ」

甲高い声がこぼれ落ちる。

「今日だけ、という約束だろう。少しは我慢しておいで」

杉江は笑いながら野城に言うと、手にあった煙草を灰皿に置き野城のものを改めて含んだ。

「や……ぁ……っ」

生温かい感触と歯の刺激に、全身に鳥肌が立つ。無意識に逃げようとする腰を押さえ、杉江はさらに奥まで野城を銜え込んで、舌や歯で執拗なまでに高めていく。

大澤の愛撫とは似て非なる刺激に、明らかに野城は強い快感を覚えていた。嫌悪がまるでないわけではない。しかし感情のすべてを堪えているがゆえ、気を緩めると突然に爆発して溢れてくる感情は、快感の方が強かった。溢れ出る言葉を堪えるため強く噛んだ唇は切れ、血が滲み始めた。

それでも野城は我慢した。

ここで求めてしまったら、すべてが終わってしまう。

二度と大澤の前に立てなくなってしまう。

けれど心の決意とは裏腹に、体の方は哀しいまでに素直な反応を示し、杉江の思うままに高まり、これ以上ないほどに上り詰めていく。

自分の思うとおりにならない体に、激しい憤りと屈辱が生まれる。

「達きたいだろう」

あと一歩の状態で杉江は野城のものから口を離し、先端部分を指の先で押さえた。野城の目尻からは涙が溢れ、全身は羞恥と快感で赤く染まっていた。

このまま意識を飛ばしてしまったほうが楽になれるかもしれない。そう思いかけたとき。

「こんなに君の体を調教した男に、実は昨日、俺は会っているんだ」

根元から撫でながら、杉江は口を開く。野城は、その言葉に驚いて落ちる寸前でとどまる。

「それでね、君とのことを匂わせておいたよ。酔った君がいやらしくて、淫らだって。そうしたら大澤、とても驚いていたんだ」

杉江は最後まで言ってから、先端部分を強く吸い、射精を促してくる。

「いや、だ……や、め……」

野城は杉江の言葉に絶望的な表情を見せながら、続いた行為に堪えることはできない。抵抗空《むな》しく、握られた男の掌に、溜まっていた想いを解き放ってしまう。

「あああ……」

後ろにあった指までも強く締めつけ、その場にしゃがみ込む。もどかしいまでの痺れに、しばらくの間荒い呼吸を繰り返し、言葉を発することもできない。押し寄せてくるのは快感ではなく、どうしようないほどの罪悪感だ。

杉江の言うように、自分はいやらしく淫らな男なのだと、体が心を嘲笑う。

「これで、終わりだ」

杉江は濡れた掌をバスローブに擦《こす》りつけながらあっけらかんと言い放つ。

「ただし、君が終わったつもりでも、大澤がどう思っているかは知ったこっちゃない」

「そ……んな」

野城は、杉江の膝に手を掛ける。

「どうして、……どうしてそんなことを大澤さんに言ったんですか！」

絶望感の中で叫んだ声は、悲鳴に似ていた。怒りよりも哀しみが強い。

「理由なんて、決まっているじゃないか」

杉江はそんな野城の心などまるで無視する。

「俺はあいつに思い知らせてやりたいと言っただろう？　あいつが俺より劣っている。その事実を。あの男のものを奪い取って、あいつが傷つく姿を見ることで実感したかった。そのためにはなんでもできる。とことん貶《おとし》めてやるためには、どんなことだってできる」

杉江は足で野城の体を振り払い、新しい煙草に火を点ける。

「君に手を出したのも、元々は大澤に対する見せつけのためだ。恋人の君を俺が寝取ったと知ったら、あの男がどんな顔を見せるか、それが楽しみだった。実際俺が話をしたときの大澤の顔を、見せてやりたかったね。ポーカーフェイスが崩れて、情けなかったよ」

野城は愕然《がくぜん》とする。

杉江とのことを黙っていることで、大澤を助けたかった。けれど、実際は自分の愚かさゆえに、大澤は逆に追い詰められることとなった。

「ひどい……っ」

「いまさら、だろう？　それにね、最初は大澤への見せつけもあったが、君自身にも興味が出てきたんだ」

杉江は野城の前にしゃがみ、吸っていた煙草を指の間に挟む。そして髪を握って引っ張り、鎖骨の辺りに煙草の先を押し当てる。

「熱……っ！」

「こんなにいやらしくて淫らで、それでいて潔癖な男なんて知らない。俺に触られて快感を覚えていながら、酔っているときと素面のときではまるで反応が違う。大澤じゃなくても夢中になる気持ちがわかる。どうだ。大澤なんてやめて、俺に乗り換えないか？　どうせ国際線の仕事ばかりでろくに会えなくて、可愛がってくれないんだろう？ だからどんな男相手にも体を委ねて、欲しがってみせる。一人のときはどうやって淫乱《いんらん》な体を慰めているんだ？ 大澤の手の代わりに自分の手で自分のものを慰めて、後ろには指でも突っ込んでいるのか？」

冷ややかで侮蔑《ぶべつ》する杉江の手を、野城は咄嗟に振り払う。気を緩めていたのか、渾身《こんしん》の力を込めた野城の平手は、見事に杉江の頬に命中した。

鈍い音が部屋に響き、指から落ちた煙草が絨毯に落ちた。野城は慌ててそれを拾い灰皿に落とし、自分が脱ぎ捨てた服を手にした。

「何をする……っ」

「それ以上侮辱するのは許せません。それから冗談もやめてください」

気を抜くとすぐにでも膝から力が抜け落ち、その場に崩れ落ちてしまいそうだった。それを気力だけで堪え、扉の前まで後ずさる。

杉江は殴られた頬を擦りながら肩を竦める。

「冗談を言っているつもりはない。ただ、君もよく状況を理解した方がいい。俺の話で大澤はある程度の予想をつけただろう。自意識過剰でプライドの高いあの大澤という男が、他の男に抱かれた恋人を許すと思うのか？」

杉江の言葉は、頭に来るほどに冷静で真実を突いている。

「それは……」

「不可抗力《ふかこうりょく》だったとでも言い訳するつもりか？」

揶揄を含んだ声に、野城は口にしようとした言葉をぐっと飲み込む。

「少なくとも、俺は君を強姦《ごうかん》したつもりはない。どちらかと言うとあの状況では、相手を間違えていたにせよ、君の方が誘ったと言ってもいいだろう。大澤は当然、君が酔ったらどういう行動に出るかも知っているだろうし、君がどう言い繕おうと、あの男には真実がわかるだろう」

あの夜の出来事が、まざまざと野城の脳裏に蘇ってくる。酔っ払った自分は杉江を大澤と間違え、キスをせがんだのだ。

「…最低です」

「ああ。最低で結構。でもその最低な男に抱かれた君も、充分最低だと思うけどね？」

杉江の言葉が野城の胸を抉《えぐ》る。

「俺が公言しなくても、大澤は常に君という爆弾を抱えて生きていることになる。その事実を、よく理解した方がいい。これは親切心から出る忠告だ」

杉江の言葉に堪えられず、野城は素足にジーパンを穿《は》き靴を履き、シャツを羽織っただけの格好で、ホテルの部屋を飛び出した。廊下を必死に走り、エレベーターに乗ってからボタンを留める。

ロビーに降りてから財布を忘れたことを思い出したが、部屋に戻るだけの勇気はなかった。ポケットの中にはテレフォンカードが一枚。野城はどうにもならない不安をかき消すために、電話ボックスを見つけて中に飛び込んだ。

覚えている番号は、大澤の家の番号だけだ。無我夢中で受話器を握り必死でボタンを押す。今が何時かなど、気にしていられなかった。

すぐに電話が繋がり、遠くでコールが鳴る。一回、二回。その音を聞いている間に、野城の心臓の音が激しく鳴り始める。この状態で大澤と何を話すつもりなのか。頭の中にはなんの言葉もなかったが、とにかく声が聞きたかった。

そして四回目の音が聞こえてすぐに、受話器が上がる。

『もしもし……』

普段から掠れている声が、さらにハスキーになっている。寝ていたのだろう。

不機嫌そうな声だ。

野城は強く耳に受話器を押しつけ、嗚咽《おえつ》を堪える。送話口を手で押さえ、自分の声が聞こえないようにした。

『誰だ、こんな時間に』

無言電話を訝《いぶか》しむ、語尾の掠れるハスキーボイスに助けを求めてしまいたい衝動に駆られながら我慢する。自分から大澤を裏切っておいて、いまさらどんな申し開きができるものか。ただ声が聞きたかっただけなのだ。それ以上でもそれ以下でもない。

『……高久？』

だから、もう受話器を下ろそう。そう思った矢先、聞こえてきたのは自分の名前だった。その瞬間、全身に鳥肌が立ち、目尻に溜まっていた涙が一気に溢れ出す。何も言葉を発していないのに、大澤はわかってくれた。それだけのことで、胸がいっぱいになる。

「……うっ」

堪えていた嗚咽は一度零れると、続けざまに溢れてしまう。

『高久だろう。どうしたんだ？』

「健吾さん、健吾さん、健吾さんっ……」

一気に心が弱くなる。助けてほしかった。どうしようもなく大澤に助けを求めたかった。

『何を泣いているんだ。高久、今、どこにいるんだ。外なのか？　迎えに行くから、場所を教えなさい。高久』

自分をこれほどまでに思ってくれている男の気持ちを一瞬でも疑い、反発して、裏切ってしまった。最低の自分は、大澤に顔を合わせる資格などない。

蘇るのは、前回会ったときに言われた台詞だ。

自分が他の誰かに抱かれたことを知ったら、彼は嫉妬に気が狂い、その相手を八つ裂きにしたあとで、野城を殺し、自分も死ぬと言った。それなのに自分は、なんてことをしてしまったのだろう。

「……ごめんなさい。健吾さん、ごめんなさい。愛していました。本当に、貴方が誰よりも好

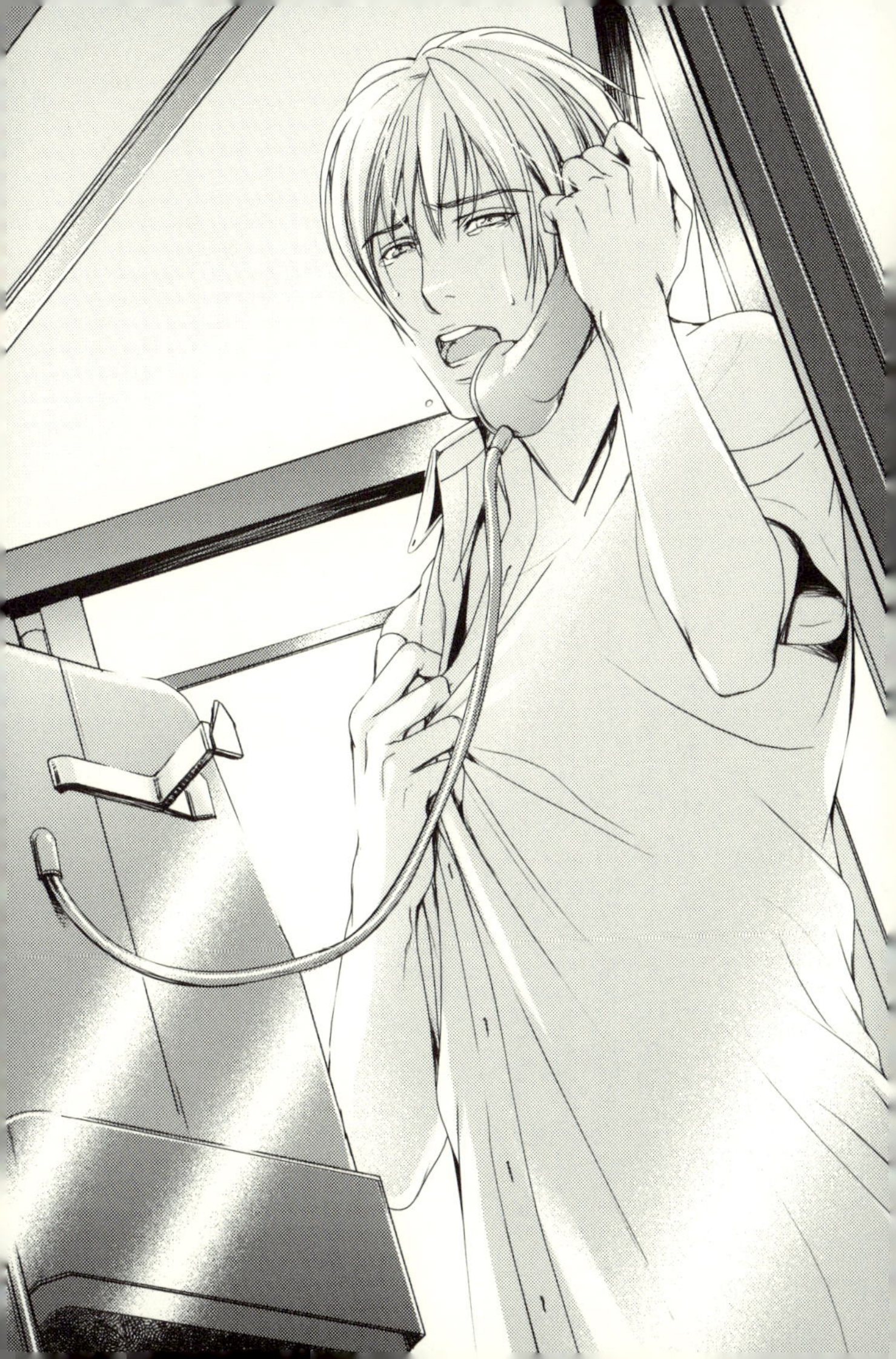

きでした。……ごめんなさい」

謝ってすむことではないとわかっていた。それでも野城はありったけの想いを告げる。ここまで真剣に大澤に自分の気持ちを告げたのは、あの事故のあと、無事生き残った事実を実感したとき以来かもしれない。これ以上大澤を傷つけないために、自分のできる精いっぱい。

『何を謝っているんだ。話は改めて聞くから、場所を……』

これ以上、大澤に迷惑をかけるわけにはいかない。「ごめんなさい」野城はもう一度呟くと、受話器をゆっくりとフックに戻した。

「大澤さん、ごめんなさい……」

ピーピーと音を立てるカードを取り、その場にしゃがみ込む。何も考えられなかった。何も考えたくなかった。

ただひとつわかるのは、すべてが終わったことだけ。もう、大澤の元に戻ることはできないことだけ。もう彼の横には立てない。愚かで汚れた自分は、彼のそばにいる価値がない。

杉江が言ったことは、悔しいがすべて事実なのだ。自分達の関係は常に、危険を孕んでいる。大澤は、将来有望なパイロットだ。自分に人を愛することを教えてくれた大切な人に、これ以上負担を掛けたくはない。重荷になりたくはない。傷つけたくはない。

自分の頭を抱え込んで、泣き崩れた。

5

一目で泣き腫らしたと分かる目で野城がディスパッチャールームに入ってきても、誰一人としてそれについて聞いてこなかった。

野城と比較的親しいディスパッチャーの菅谷でさえ、一瞬息を呑んだあと、素知《そし》らぬ顔をしてフライトプランを説明することしかできなかった。

そのぐらい、野城の顔は悲惨だったのだ。

「大型台風も去って、エンルートはどこも順調です。気流の乱れもありません。それから…」

機長と共に野城が担当するのは、羽田—小松便の往復に羽田—旭川《あさひかわ》便の往復。久しぶりの四レグ、つまり一日四度のフライト対応だが、忙しい方が余計なことを考える余裕がないのでありがたかった。

野城はブリーフィングを終えシップに向かい、機長より先に機体に乗り込んでチェックをする。その間に、整備士の菊田明《きくたあきら》がチェックリストを持ってコックピットに入ってくる。

「お疲れさまです。この機体の整備状況です。チェックお願いします」

「お疲れさまです」

振り返ってリストに野城が目を走らせる横で、菊田は小さな部品や機器の確認を取る。やはり菊田も野城の目の腫れに気づいたが、その部分に触れることはなかった。

「そういえば菊田さん。近々ダーイングに出向《しゅっこう》されると聞きましたけれど」

「もうそんな話がそちらに流れているんですか？　早いですね」

銀縁《ぎんぶち》の細い眼鏡を掛けた菊田は、インテリ系の風貌《ふうぼう》をした骨張ってひょろ長い印象がある。日スタのロゴ入りの薄いブルーの作業服に身を包んだ男は、野城の言葉に苦笑してみせる。

「ダッシュ三〇〇のとき同様、設計段階から日スタ独自の意見を入れた方がいいだろうということで、新機種製作の話が進んでいるみたいです」

あっけらかんと言ってのけるが、裏には先にあった油圧《ゆあつ》異常による胴体着陸の事件が関わっているらしい。

整備ミスによる事故ではなかったものの、対外的な責任を含め当時の責任者は配置異動となり、同じ機を担当した整備士である菊田も、優秀な才能を守るため、ほとぼりが冷めるまでは海外に出向させることになったらしい。

「そういえば野城さん。この間、ダッシュ三〇〇に乗ったそうですが、どうでした？」

「乗ったといってもオブザーブ乗務なので、実際操縦したわけではありません。それより整備士の目から見て、あの機体はどうですか？」

菊田は、野城の大学の先輩である。学年が重なったことはないが、学生時代、航空力学を学んでいた野城は事故のない飛行機を追求していた。そしてその結果整備士も視野に入れていた。

パイロット同様整備士にも必要な資格が多く、菊田のように、どんな機種の整備でもできる一等航空整備士の資格を取得するには、かなりの時間と経験、それから努力を必要としている。

「従来のトリプルセブンとは雲泥《うんでい》の差ですね。性能にしても操縦性にしても、こうして進歩した機体を目にするたび、まだまだ技術は進歩するだろうと思わされます。あの機だったら、俺も操縦してみたいと思いますよ。もちろん、無理な話ですが」

目を輝かせての言葉に、野城の心は揺り動かされる。

「機種変更、考えているんですか？」

「そういうわけじゃないんですけど」

核心をつく問いに、曖昧な笑みでもって応じる。やがてエクステリア・インスペクションを終えた機長が戻って来たので、お喋りはそこで終わりとなる。

野城は何もなかったようにテイクオフのチェックを始めた。


「おや。高久くん、どうした？」

テーブルで書類整理をしていた江崎は野城の顔を確認すると、満面の笑みで立ち上がった。

時間は午後九時を回ったところで、江崎はそろそろ帰る準備をしていたようだ。

旭川便のデブリーフィングを済ませると、パイロットスーツのまま本社ビル内にある人事部の部屋まで訪れた。朝のうちは腫れていた目も、さすがに夜には普通の状態に戻っていた。

「これをお渡ししたくて…」

野城は唇を真一文字に結び、持っていたステイバッグから取り出した一通の封筒を、江崎の机の上に置いた。表には、「機種変更申請書」と書いてあった。

「高久くん？」

「遅くなって申し訳ありません。色々考えた結果、変更を申請することにしました。お願いします」

「期限を設《もう》けたものではないから別に遅くはないが……どうしたんだね？　以前私が勧《すす》めたときは、何がなんでも絶対にダッシュ四〇〇に乗り続けると言っていたのに」

江崎の問いに野城の心臓が大きく鼓動する。

「先日オブザーブ乗務をした際に、大きく気持ちが変わりました。背後から見ているだけではなくて、実際自分で操縦桿を握ってみたいと思いました。それから整備士の方にもお話をお伺《うかが》いしまして、計器や装備の面からも、興味深い変化があるようでしたので……」

菊田に話を聞いたのは、最後の最後、揺れ動いている気持ちを決めるためだった。

彼の機体に対する目は信頼できるうえに、好みも野城とどことなく似ている。ソフト面のみならずハードの部分で様々な改良がされた七七七－三〇〇は近いうちに、ダッシュ四〇〇に代わる主力機になるかもしれない。

「確かに、高久くんの言うとおりだ。私も最初は君に、少しでも早く機長になってもらいたいこともあって、機種変更を勧めていたが、ダッシュ四〇〇に拘《こだわ》る決意に、無理強《じ》いをするのはやめようと思っていた。本当に、何があったんだね？」

江崎は困惑した表情で野城を見つめてくる。

不本意なことだが、江崎は大澤と野城の関係を知っている。だからこそ、野城が機種変更をしない理由も充分理解していた。

それが突然この時期になって変更を申し入れるとなると、理由は大澤とのこと以外に考えられない。

当然のことながら江崎は、大切に面倒を見て育ててきた先輩パイロットの息子が、男に走ることを歓迎していたわけではない。でも何よりも野城の幸せを一番に望んでいる。そう考えると今の野城にとっての幸せは、大澤とともにあるのではないかと思わざるをえない。

「理由は今お話ししたとおりです。それ以上でもそれ以下でもありません。受理《じゅり》についてはお任せいたします」

「高久くん」

帰ろうとする野城を、江崎は慌てて呼び止める。

「私ももうこれで帰る予定なんだ。せっかくだから一緒に飯でも食いながら、もう少し話をしないか？」

江崎の誘いに野城は首を左右に振り、深く頭を下げてから部屋を辞去する。

昨夜大澤の声を聞いて、野城の心は決まった。どうしようもなく彼を好きな自分を自覚させられた。だからこそ、もうこれ以上負担になりたくはない。

今回のことがクリアできても、自分とつき合っていく限り、男同士である事実は障害となってつきまとう。

大澤のことを愛している。大切に想うからこそ、一緒にはいられない。

大澤とともに国際線を飛びたかった。けれど、その夢も諦めることにした。

大澤への気持ちが消えない以上、近くにいてはならない。きっと弱い自分は、再び彼の温もりを望んでしまう。

だから、機種変更を申し出た。そうすれば少なくとも、同じ機に乗務することはない。運良く成田で出会えたとしても、すれ違う程度だ。それからあとはできるだけ早いうちに引越しをしよう。転居先も知らせない。二人の間に存在する関係は、同じ会社に属するパイロット。それだけになる。

「以上、終了、だ」

本社を出た野城はタクシーに乗るため、ビッグバード内に戻ってくる。

大澤が国内線の担当だったとき、よく一緒にここを歩いた。

いつも同じ場所に、大澤は彼の愛車であるコンバーチブルタイプの、ネイビーブルーのＢＭＷを駐車していた。狭い自動車の中で、愛を確認したこともある。

あれは胴体着陸に成功した日だ。初めて互いの気持ちを認識してのセックスだった。狭い車の中、ただひたすらに互いの熱を貪り合うだけの行為で、情緒《じょうちょ》も雰囲気もなかった。

けれど、全身から感じられる幸せに胸がいっぱいになった。

不意に蘇ってくる記憶に胸が苦しくなるが、もう忘れなくてはならない。思い出す大澤との記憶は優しいものばかりだ。大澤を忘れることはできない。けれど忘れるよう努力をしなければ、いつまでも自分が辛いだけだ。

溢れそうになる嗚咽を堪え、ステイバッグをしっかり握り締める。

そしてタクシーターミナルに出たところで、ふと、よく知った顔を見かけた。

「松橋さん？」

タクシー待ちをしていたほっそりとした背広姿の男性は、自分の名前が呼ばれたことに気づき、ゆっくり声のした方へ顔を向ける。

「偶然ですね、今、帰りですか？」

肩までの長さの髪を揺らしながら、野城の方に走り寄ってくる。夜の闇の中にありながら輝かしいばかりの美貌を間近に見ると、心臓は微かにざわめき出す。

「そうです。松橋さんもこれからお帰りですか？」

「本当はもう少し早い時間に上がる予定だったんですが、ちょっと中でトラブルがありまして。それを片づけている間に遅くなってしまいました。今日は迎えも頼めなくてタクシーで帰ろうかと思っていたんですが……」

ほぼ野城と同じ身長の松橋は、野城の顔を見つめてからにこりと笑う。

「せっかく久しぶりに会えたのですから、良ければ一緒に、軽く食事でもしませんか？」

「……待っていらっしゃるんじゃないですか？」

田中の顔を思い浮かべて尋ねると、松橋は首を傾げて、野城の腕に自分の腕を絡めてくる。

「あの……」

「言ったでしょう、今日は迎えが頼めないと。正《まさ》は夜勤なんです。タイミングの良いことに」

松橋は野城が躊躇する気持ちを悟っていたのか、満面の笑みで答えた。グランドハンドリングマンの田中と松橋は、どうやら一緒に暮らしているらしい。実際に確認したわけではないが、話の素振りからなんとなくそうだろうと思っていた。

「さあ、行きましょう。返事がないのは肯定《こうてい》とみなしますからね」

松橋は野城に考える間をほとんど与えることなく、半ば強引にビッグバード内でかろうじてまだ開いているレストランへ引っ張っていった。

「こうしてお話するの、久しぶりですね」

テーブルに向かい合って座った松橋は、野城の顔をまじまじと見つめてくる。

「そうですね」

半ば伝説と化している松橋に真正面から見詰められると、どこに視線をやったら良いのかわからない。

松橋は顔の前に両手を組んで、野城を見つめていた。明らかに何かを言おうとしている様子に、居たたまれない気持ちになった。

「何か、俺に用があるんじゃないですか？」

だから先に自分から口を開く。

「どうやら、健吾と喧嘩しているみたいですけれど、何かあったんですか？」

松橋は微笑し率直《そっちょく》に尋ねてくる。予想はしていた問いに、自虐的な笑みを浮かべる。

「……大澤さん、また松橋さんに相談しているんですか？」

かつても同じように、松橋は自分と大澤のことで間に入ったことがある。あのときのことを思い出して、ついぼやいてしまう。

どうして自分とのことなのに、他人に助言を求めるのか。

ただでさえ、松橋は野城の知らない大澤を知っている。仕方がないこととはいえ、それでも嫉妬してしまう。

「相談ってほどじゃないよ。ただ、君に連絡が取れなくて、避けられているみたいだから、なんとか繋ぎを取れないかと頼まれた程度のこと。野城くんが避けてさえいなければ、私が出てくる必要なんてないんだけれどね」

松橋は完全には野城の言葉を否定せず、苦笑を交《まじ》えて事情を打ち明ける。正直に言われると、野城は後ろめたい気持ちになる。

「ちなみに今日君と会ったのは、まるきりの偶然です。食事に誘ったのも、九割は野城くんと食事がしたかったから。健吾のことは一割もないから安心してください」

あっけらかんとした松橋の言葉に対し、野城は視線をテーブルに落とす。

「やはり、何か気にかかることがあるんじゃないですか？　健吾はとても気にしていますよ、野城くんのことを」

野城の様子に、松橋は心配そうな表情を見せる。

「困っていることがあっても健吾に相談できないなら、私に話してみませんか？」

「え……？」

「何ができるかはわかりませんが、誰かに話をすれば、なんらかの解決の糸口ぐらいは見つかるかもしれません」

下心のない優しい言葉に打ち明けたい衝動に駆られる。けれど、野城が抱えている問題は松橋にも言えない。

杉江と松橋、さらに大澤には過去の因縁が存在する。ここで松橋に打ち明けてしまったら話はややこしくなるだけだ。それに何より、二人のことは二人で決着をつけたい。大澤が自分のことを心配していることがわかっただけでもう十分だった。

「ご心配いただいてすみません。ただ、機種変更することにしたので、ナーバスになっているだけだと思います」

野城は無理に強がって、微笑んで見せる。

「機種変更?」

松橋は話が見えないのか、微かに首を傾げる。

「確かついこの間、ダッシュ四〇〇に変更したばかりだったはずだよね?」

「そうです。でもトリプルセブンの新機種が導入されたので、そちらの方に変更することにしたんです」

運ばれてきたスパゲッティをフォークで巻きながら、野城はできる限り冷静に松橋の疑問に応じる。

「でも、君……健吾と一緒に国際線を飛ぶために……」

「大澤さんのことは、もう言わないでください。本当に今回のことと関係ありませんから」

野城がぴしゃりと言うと、松橋は動きを止める。

「そんな顔で否定されても、信用性がないよ。やっぱり、何かあるんでしょう?」

細められた松橋の瞳は、何もかも見透かすような光を放っている。

その視線から逃れるように野城は俯き、膝をじっと見つめた。そのとき、鞄の中で携帯が鳴る。野城は松橋に軽く会釈をしてからそれを取り出し、応答する。

『今、どこにいる？』

耳に聞こえて来たのは杉江の声だった。野城は一瞬松橋に視線を向け、すぐに口元を手で覆い顔を横に向ける。

「……はい……いいえ、結構です。またあとでかけ直します」

野城は早口に用件を済ませると、電話を切って松橋に向き直る。

「すみません。食事中に……」

「今の、空哉の声じゃありませんでしたか？」

野城が最後まで言葉を発する前に、松橋は抑揚《よくよう》のない口調でその名前を口にする。

野城は一瞬動きを止めながら、すぐに笑ってみせる。

「ど、どうして杉江さんからって」

「携帯電話から声が漏れてきました」

松橋の言葉で心臓が大きく鼓動する。

「間違いなく、今のは空哉の声です。私が彼の声を聞き間違えることはありません。誤魔化そうとしたところで無駄です。何があったのか、正直に話をしてください」

松橋の常《つね》にないきつい口調に、野城の顔色が見る見る変化していく。松橋はその様子を眺めながら、背もたれに背中を預ける。

JSA 野城

「決して君を責めているわけじゃありません。空哉のせいで野城くんが困っているなら、なんとかしてあげたいと思っているだけなんです」

打ちのめされてうなだれる野城に、松橋は親身になって語りかける。

「本当に悪いようにはしません。空哉が君を構うのだって元はと言えば、私と健吾と、空哉の過去のしがらみがあるからでしょう。君はそこに巻き込まれているだけなんです。だから、何があったのか、空哉に何を言われているのか、それを教えてくれませんか？　健吾には黙っています。私は高久くんの味方です。絶対に力になります」

立て続けに言った松橋はテーブルの上にある野城の手を両手で握る。掌の温もりに、それまで必死に堪えていただろう野城の表情が急速に崩れていく。唇は物言いたげに動くが、松橋の望む答えは発することはない。

見えない絆《きずな》で繋がっている三人。松橋は何も言わなくても大澤を信じることができ、大澤も松橋を信じている。そしてそこに関わってくる杉江。野城の知らない過去が、野城を仲間はずれにする。

「別に、杉江さんは関係ありません」

「野城くん……」

「ただ俺が、大澤さんを裏切っただけのことです。だから、俺に優しくしないでください」

野城は小さな声でそれだけ言うと、後は唇を固く閉じた。

潤んだ瞳で涙を堪える野城の姿にそれ以上追及するわけにもいかず、松橋は自分の無力さを実感する。

ただ、野城の言葉だけで、なんとなく状況を把握《はあく》できてしまった。野城は大澤のことを嫌いになったわけではない。けれどなんらかの理由で、大澤を裏切る状態に陥り、それが杉江に関係している。となれば、想像できることはひとつしかない。

まさかと思いながら、一度は否定したことだった。大澤に一泡《ひとあわ》吹かせてやろうと思っていた杉江が取っただろう最悪の手段に、松橋は頭を抱える。

「申し訳ありませんでした。色々お気を遣っていただいたのに……」

「君が謝ることはありません」

タクシーに乗り込む野城の言葉に、松橋は切ない気持ちになった。

「正……早く帰ってこい」

松橋はどうしようもなく、恋人の腕の温もりが恋しくなった。

九月一日の野城のフライトは、羽田—福岡往復便に、羽田—伊丹《いたみ》往復という、一日四便を担当する四レグシフトの最終日だった。

夏休みを中心とする繁忙期も、これで一段落となる。常に賑《にぎ》わっていたビッグバード内も通常の人の波になり、空港までの交通機関の渋滞も収まった。

福岡便の復路便を終えて羽田に戻って来たのが正午。報告書を携えて機長と共にディスパッチャールームに戻ってくると、江崎がいた。

「順調なフライトだったようだね」

江崎はきっちり制服を着込み、ステイバッグも持っていた。

「どうしたんですか?」

「君と同乗予定の機長が突然の体調不良で、スタンバイだった私と交代したんだよ」

「やめとけ」

嬉しそうに応じる江崎を眺め、同期の運行管理部長が揶揄する。

「この間操縦したのはいつだ? 確か、七月以来だろう? 耄碌《もうろく》してるんだから、無理せずに若いモンと代わってもらえ」

「失礼な奴だな。私だってまだまだ現役だ。本当は操縦席に座っていたいところを、上の人間がうるさいことを言うから……」

「わかったわかった。若い操縦士がいる前で、そういうガキみたいな見栄を張るのはやめろ」

同期だからこその会話を聞きながら、野城は横で笑いを堪えていた。

江崎は今でこそ落ち着いたベテラン操縦士ではあるが、若い頃にはかなり無理をしたらしいことが、様々な逸話《いつわ》から想像がつく。運行管理部長は今の口ぶりからすると、そんな当時の江崎の姿を、よく知っているのだろう。

「高久くん。何を笑っているんだね？」

江崎が不満そうに野城をちらりと見つめる。

「いえ、なんでもありません。それでは本日の便、よろしくお願いいたします」

「こちらこそ」

江崎と同乗するのは、オブザーブ以来久しぶりのことだった。

伊丹までの飛行時間はちょうど一時間。三四R（ロメオ）滑走路から『ザマ四ディパーチャー』と呼ばれる方式で羽田上空の航空管制区を抜け、指定された航空路に乗る。

「二万五〇〇〇フィート辺りで気流が乱れています。クライム中にそこを通り抜ける可能性がありますので、気をつけてください」

いつものようにブリーフィングで飛行の確認を取ると、担当のシップに乗り込む。

往路便の日スタ一九便は、巡航高度まで上昇する際、ディスパッチャーに指摘された乱気流に出合うことはなく順調に飛んだが、復路便でも再び、気流の乱れを注意された。

「行きはよいよい帰りは怖い、かな」

ブリーフィングを終えて江崎は気楽に笑っていたが、復路は往路とは打って変わり、ディスパッチャーの話通り雲行きが怪しく、東側の空から灰色の雲が張り出していた。軽い気流の乱れに早速出合い、シートベルト着用サインを出す場面がしばしば起きる。

「雨、来ますかね」

野城は前方にある雲を見据え、江崎に尋ねる。

「雷にやられると一苦労だな」

江崎は機器のチェックをしながら、ノータム（航空情報）の再チェックを行い、カンパニーラジオの問い合わせをする。その結果、どうやら羽田上空には雨雲が広がり、当該機《とうがいき》が到着する時間前後に、一雨来る予報が出ていることが判明する。

「そういえば、君のお父さんは雨男だったよ」

不意に江崎は思い出したように、笑った。

「雨男、ですか？　それは初耳です」

野城の記憶に残っている父親は、八歳までの僅かな期間だ。さすがにその頃には父の仕事の話など、ほとんど聞いていていない。

「もちろん、毎回なんてことはなかったが、降られる確率は非常に高かった。ある年には、毎回台風で欠航やら遅れやらが立て続けにあって、さすがにスケジュールを組む方も、頭を抱えていた」

「それは、父のレベルの関係で、台風がきそうな日にフライトが当てられたというわけではないんですよね？」

「もちろん」

江崎は苦笑する。

「でも途中からディスパッチャーもやけになって、野城機長の担当するルートには、ありとあらゆる天候条件を書き込んだこともあった。当然、ジョークだけれどね」

「てるてる坊主《ぼうず》、下げましょうか。コックピットに」

たまたまそのときコックピットに入ってきたCAが、野城が本気で言った話を聞いて、その場で爆笑した。

「そういえば以前、管制塔にも大きなてるてる坊主が下げられていたことがあったな」

野城の言葉に応じるように、江崎は肩を揺らしながら口を開く。

「管制塔に？」

「三年ぐらい前のことじゃないかな。その年は台風の当たり年でね。管制官もイライラしていたらしくて、その気分転換のために、松橋くんが巨大なてるてる坊主をシーツで作って、窓に下げたんだよ」

「松橋さんが、ですか」

なんとも松橋らしい発想に、野城は微笑ましい気持ちになる。

「管制官だっててるてる坊主頼みなら、パイロットが飛行機に下げていてもおかしくはないですよね？」

そう言って、野城は早速持っていたティッシュで小さなてるてる坊主を作り、輪ゴムで結び、自分のネームプレートの脇《わき》につけた。もしものことがあるといけないため、計器類に下げるわけにはいかない。

「これで大丈夫ですよ」

笑う野城に、江崎も笑って応じた。


定刻どおりに伊丹空港を離陸《りりく》した飛行機は順調な飛行を続けたものの、羽田近辺で予報どおりの雨に出合った。着陸は、一六LのILS進入を指定されていた。

「ギア・ダウン、フラップス　フィフティーン」

江崎の言葉で野城がランディング・ギア・レバーをダウンすると、風を切る轟音が聞こえランディング・ギアが下がり始める。野城はフラップ・レバーを一五度の位置にセットした。

最終の着陸態勢に入った機体の中で、ランディングチェックリストを確認する。それを終えると江崎は、左手を操縦桿に添え、右手をスラストレバー、両足をラダーペダルに添えた。

東京湾岸から左旋回して滑走路へ向けて最終進入の態勢を取ると、強い風を感じながらもランウェイ一六Lが視認《しにん》できるが、その頃になって雨の滴《しずく》がガラスに打ちつけるようになってきた。管制塔に着陸指示を仰《あお》ぐポイントになったが、野城は突然強くなった雨と背後から感じる風に気づいた。

「機長。この先でウィンドシアが起きている可能性、ありませんか?」

野城の言葉に江崎も周囲を確認し、計器の飛行機の速度が下がっていることに気づく。

ウィンドシアは、垂直《すいちょく》方向で上下に接した二つの層の間、水平方向で隣接した二つの空間の間で風向や風速に極端な差があるとき、その境界に発生する。低層域《ていそういき》のウィンドシアは現在予測が難しく、経験が物を言う気象現象だ。

『ウィンドシア』

野城の警告ののち、警告装置の人工音声が告げる。

「どうやらそうらしいね。ミスドアプローチします。計器確認、さらに管制に連絡をお願いします」

江崎は咄嗟の判断で着陸を諦め、滑走路の進入向きを変えるために管制に連絡を取る。着陸態勢に入りながら着陸のやり直しをするため、所定《しょてい》の方式で上昇し直して待機《たいき》コースに入ることを、ミスドアプローチという。

着陸進入時の着陸履行《りこう》であるゴーアラウンドやミスドアプローチという作業は、比較的頻繁《ひんぱん》に行われることで、新聞に載るようなことではない。しかしながら離着陸は飛行機の操縦でもっとも困難な作業であり、僅かなミスでも大事故に繋がる。そのため機長は、安全に着陸できない可能性を僅かでも感じたときには、咄嗟の判断でそれを回避する必要がある。

管制からの指示で機体はゆっくり旋回して上昇し、待機コースに入り、三四Lに向かって再びＩＬＳ進入を開始するまで上空で天候の回復および着陸の順番を待つことになった。

日スタ一九便は、到着が予定時刻よりも二〇分遅れたものの、乗員乗客に一切怪我はなく、無事に着陸を果たした。


「機種変更の話だけれどね、高久くん」

デブリーフィングを終えた段階で、江崎はチェックリストの確認をしながら、ゆっくりと口を開く。報告書の記入をしていた野城は、江崎の言葉に顔を上げる。

「もう一度、じっくり考えた方が良いと思うよ。君はずっとダッシュ四〇〇の操縦がしたくて、努力してきた。そして今ようやく、副操縦士として立派にライトシートを守っている。先ほどのウィンドシアにしても、君は私よりも先に感じ取った。もちろんそういった天性の感覚は機種が変わっても失われるものではないが、経験からくるカンも大いに作用するものだと思う。君が心の底から機種変更を望むのであれば、何も言わない。けれど、本心ではない違う部分での変更であるなら、いずれ後悔する日が訪れるかもしれない」

「江崎さん」

「我々パイロットは、常に人の命を預かって仕事をしている。心の中に後ろめたさを抱えて操縦していたら、いずれそれは負担になってしまう。ダッシュ四〇〇の操縦についてなんらかの不安を持っているならともかく、保護者の欲目《よくめ》を除いたにしても、十分すぎる状態にまで達している」

江崎はそこで話を終わらせる。

機体を降りてディスパッチャールームに向かう間、野城はずっと黙ったままでいた。

先に歩く江崎の背中を見つめ、彼が何を言わんとしているのかを考える。

自分はなんのために、機種変更をしたのか。なんのために、パイロットになっているのか。

基本であるその部分が揺らいでいる事実に、江崎の言葉で気づかされた。

大澤と同じ路線を飛びたいから。飛びたくないから。そんな安易《あんい》な気持ちで、実際に人の命を預かる仕事が務まるのか。

突然襲ってくる現実に、野城の体が萎縮する。江崎が父親の話を持ち出した理由がなんとなくわかって、自分が恥ずかしくなる。

本当に機種変更をしたいのか、江崎の言うようにもう一度原点に戻って考える必要があるだろう。新機種の装備や計器に興味があるのは事実だが、ダッシュ四〇〇の操縦性能にも親しみがある。これから長い間つき合っていく旅客機だ。一時の感情に流されて決めてはいけない。

大澤のことも杉江のことも忘れ、じっくり考えるべきなのかもしれない。野城はそれを痛感する。

「だから、何が言いたいんだ！」

報告書提出のためにフライトコントロールセンターの前に辿り着くと、どこからか怒声《どせい》が聞こえてきた。その声は、思わず飛び上がるほどに大きくて、野城と江崎は思わず足を止めた。

「何事だ？」

中を覗くと、ディスパッチャールームに繋がる廊下《ろうか》で、パイロットスーツ姿の杉江と、背広姿の大澤が向かい合っている。

「どうして……？」

野城は彼ら二人が対峙する姿を目にして、背筋に冷たいものが走る。

「なんだなんだ」

フライトコントロールセンターの中にいた他の人間も、その怒声に驚いて野次馬のように覗きに来る。二人は人の気配に気づき、大澤の合図でそのまま逃げるように歩き出す。

「高久くん？」

「すみません。俺、ちょっと行ってきます」

野城は報告書を江崎に押しつけると、夢中で彼らの後を追いかける。

尋常ではない。

二人は長い廊下を歩き、普段あまり使う人のない休憩室へと入る。野城は完全には閉まり切っていない扉の隙間《すきま》から、息を殺してそっと中を覗いた。

向かい合った彼らの間には、びりびり痺れるほどの緊張感が漲《みなぎ》っていた。

大澤は端整な顔を歪《ゆが》め、眉間に深い皺が寄っている。対する杉江は口元に冷ややかな笑みを浮かべ、侮蔑の視線を大澤に向けている。大澤は鋭い視線で目の前にいる男を見つめると、大股で相手に歩み寄って乱暴な動作で胸元を摑んだ。

「さっきの台詞、もう一度言ってみろ」

そして凄《すご》みのある声で杉江に迫る。それは、これまで野城が一度たりとも目にしたことのない様子だった。

「さっきの台詞って、なんだ？　野城が淫乱だって言った……」

杉江が最後まで言い終える前に、大澤は摑んだ胸座《むなぐら》を自分の方に引き寄せた。まるで鬼のように怒りに満ち溢れた形相《ぎょうそう》で、彼は杉江を睨んでいる。

「本当のことを言って何が悪い」

彼はがむしゃらに叫ぶと、息苦しいのか何度か咳き込《せ》んでから、大澤の手を押し返し逃れる。

杉江の言葉に野城は全身を震わせながら、なぜ今こんな場所で二人がこんな言い合いをしているのかわからなくて、頭の中が混乱した。

「お前だって、それが事実だってわかってるから、怒ってんだろう？　てめえの恋人だったら、きっちりしつけとけよ。酔ったら誰にでも腰振るような奴じゃ、ただのインバイ……」

「黙れっ！」

大澤は杉江を殴ろうと拳を振り上げるが、ぎりぎりのところで堪えてその手を止める。

杉江は咄嗟に頬を覆うが、いくら待っても降りてこない大澤の手を見て、それを振り払った。

野城の全身に、杉江が言葉を吐き出すたび、冷ややかなものが走り抜ける。

「ざけんな。格好つけやがって！」

そして杉江は握った右手を、逃げようとした大澤の腹に食らわし、さらによろめいたところで頬を殴る。バランスを崩した体に、蹴りを入れ、肩を靴で踏みつける。まるで手加減はない。

「お前、何様のつもりだ？　航大時代から、世界は自分を中心に回っていると思っているだろう。松橋の気持ちも俺の気持ちも踏みにじって自分だけで逃げやがって、おまけに戻ってきたら戻ってきたで、偉そうに機長さまときた」

杉江は荒い呼吸をしながら叫び、がむしゃらに大澤を蹴り殴る。彼の悲鳴に似た叫びには、大澤へのどうしようもない気持ちが込められている。

きっと誰よりも、大澤を好きなのだ。好きだからこそ自分を認めない男を憎み、認めてもらいたくて反発し、そして松橋を愛し、野城に手を出した。

大澤はそんな杉江の気持ちを知っているのか、多少の防御《ぼうぎょ》をするがすぐには立ち上がれない。

抵抗しないのが余計に辛い。

「俺は昔からお前が憎らしかった。いつかその顔に吠えづらかかせてやろうと思って、ずっと考えていたんだ。そうしたら、野城が自分から俺が張った網《あみ》にかかってきて、お前との関係をばらさないためなら、なんでもするなんて言いやがった」

杉江はわざと汚い口調で野城との関係を喚《わめ》きながら、絨毯についている大澤の手を、靴の固い踵《かかと》で思い切り踏みつける。

「うっ」

さすがに、それまで声を上げなかった大澤の口から、うめき声が零れる。痛そうな様子に、野城は思わず息を呑んだ。

どうしたらいいのかわからなかった。

止めなくてはならない。けれど、邪魔のできない雰囲気が漂っている。大澤は何かをぎりぎりで堪えているのだ。

「だから俺は、あいつがお前の恋人だって知ってて抱いた。酔いに乗《じょう》じて人のことを誘うから、存分に可愛がってやった。誰かの代わりにな」

そんな大澤に煽られるように、杉江は次から次に、野城が必死で隠していた事実を明かしていく。じっと絨毯を見つめていた大澤は、その言葉にゆっくりと顔を上げる。

杉江を見上げる大澤の瞳は、哀しい色をしていた。見ているだけで胸が苦しくなるようなその瞳に、野城は叫びたい気持ちになった。どうして彼は我慢しているのか。何も抵抗せず、殴られるままになっているのか。

大澤を守るつもりで誰より傷つけているのは自分だ。その事実を、改めて思い知らされる。

もうやめてほしい。大澤をこれ以上、傷つけたくはなかった。

「野城の体。絶品だよな。普段は潔癖そうな顔をしてて、一回達っちまうと、すげえ。肌は敏感だし、あっちの締めつけも半端じゃない。俺のもん突っ込んだら、もっと欲しいって泣いてよがった」

野城ですら初めて杉江との情事を聞く。耳を塞ぎたくなる野城の愚行を聞かされた大澤から、次第に表情が失われていく。

目元が険《けわ》しくなり、口元が固く閉ざされていく。眉間の皺はさらに深まり、眉が吊《つ》り上がる。大澤の怒りが頂点に達する様が、手に取るようにわかった。このまま行くと、大変なことになる。殴るどころで済まない。きっと。

野城は大澤が本当に切れたところを見たことはなかったが、頭の中の警報音が鳴り響いていた。絨毯に両手と両足を突いていた体が、ゆらりと揺れる。そして膝が立ち、怒りに満ち溢れた顔が杉江に向けられる。

幽霊か何かのように立ち上がった足が前に出て腕が引かれた瞬間、野城は扉を開き部屋の中に飛び出していた。

「駄目だ、健吾さん！」

叫んだ次の瞬間、大澤の満身の力の籠った拳が、野城の頰を殴りつける。

「……っ」

野城の視界が銀色に光り、焼けるような痛みが頬を襲ってくる。

「高久⁉」

大澤は、自分が杉江ではなく野城を殴っていると認識して力を緩めた。が、それでも瞬間的に爆発した力で殴られた野城の体はそのまま後ろに飛ばされ、杉江の体に背中がぶつかってしまう。

「高久っ！」

杉江は反動でそのままバランスを崩して、絨毯の上に野城ごと倒れ込む。

大澤は慌てて自分の拳で殴ってしまった野城の前に走り寄って体を抱き起こすが、たった今殴られた頬から目元にかけて腫れ上がり、切れた唇の端からは血が滲んでいた。

「どうして……どうしてこんな奴を庇うんだ」

痛々しい頬に恐る恐る指を伸ばした大澤は、今にも泣き出しそうな瞳で野城を見つめていた。

野城の顔を見つめる大澤の顔にも、ところどころに青痣ができていた。野城の頬を撫でる手の甲にも、靴で踏みにじられた痣《あざ》がある。抵抗せずに堪えた彼の体の傷は、すべて野城のせいでできたものだ。

殴られた頬の痛みより、大澤の表情の方が痛い。

「大澤さん……ずっとずっと、杉江さんのことを殴るの、我慢していたじゃないですか」

これ以上、自分のために大澤に傷ついてほしくなかった。だから野城はなんとか笑ってみせようとするのだが、顔半分が熱を持っていて満足に動かなくて失敗する。

「高久」

「殴られても蹴られても我慢していたのに、俺の話になったら途端に切れちゃって……駄目ですよ。俺なんかの話で杉江さんのことを殴ったら、我慢していた何もかもが台無しになります。大澤さん、杉江さんにずっと、謝りたいと思っていたんでしょう？」

「何を……」

その台詞に驚いたのは、杉江の方だった。

「俺に散々な目に遭《あ》っていてどうして、俺を庇う？」

「だから、俺が庇ったのは杉江さんじゃなくて……大澤さんだって、言ってるじゃないですか」

野城は困ったように苦笑してみせるが、大澤の腕から逃れて、杉江の顔を真正面から見た。

「大澤さんは、杉江さんの怒りの理由がわかってて、それを償《つぐな》うために、殴られるままでいた。それで杉江さんの気持ちが晴れるなら、そう思っていたんでしょう？」

大澤に視線で尋ねると、一瞬躊躇しながらも、頷いてみせる。

「どうして、そんなことを……」

わけのわからない杉江は、理由を求めて野城を見つめるが、今の状態ではうまく説明できる自信はなかった。でも、二人の争いを見て、これまでの二人の言動を考えると、自然と見えてくる答えがあるのだ。

「大澤さんは、杉江さんのことを、今も大切な友達だと思ってます」

「な……っ」

「その証拠に、片瀬機長の一件のときに、杉江さんの処分を軽くするために、大澤さんは江崎さんに嘆願《たんがん》しているんです」

「高久……っ」

大澤はできれば一生、この事実を明かすつもりはなかったのだろう。けれど大澤も杉江もある意味とても似たもの同士の上に、意地っ張りで必要以上にプライドが高い。

三五歳にもなれば素直になれない部分があっても当たり前かもしれないが、いずれどちらかが折れなければ、二人はいつまでも行き違ったままになってしまう。

野城は大澤の腕からそっと逃れて、ゆっくり杉江の顔を見つめる。

「杉江さんだって、大澤さんのことが好きだから、黙って自分の前から去ったことが、ずっと許せなかったんですよね？」

長いつき合いではなかった。けれど杉江と過ごした僅かな間に交わした会話の中で、杉江の大澤に対する強い友情を感じた。大澤の中でも杉江の中でも、そして松橋の中でも、航空大学時代の二年間は色鮮やかで大切な思い出なのだろう。

だからこそ、その思い出を汚さないために、杉江は大澤を憎み、大澤は黙っていた。

「大澤……」

野城の口から聞かされた事実に打ちのめされたように、杉江は絨毯に手をつき、上目遣いで大澤を見つめる。杉江の瞳から大きな涙が零れ落ちる様を見て、大澤は首を左右に振る。

「済まない……」

そして小声で呟くと、よろめきながらその場に立ち上がり、一人で扉の前まで向かう。

「大澤さん…っ」

野城が咄嗟に名前を呼ぶと、彼は一瞬その場で立ち止まるものの、振り返ることはなく、そのまま無言で扉を開き、休憩室を出ていってしまう。

パタンと音を立てて、扉が閉まる。

「追いかけなくていいのか?」

壁に背中を預けた格好で呆然と天井を見つめていた杉江は、同じように呆然と座り込んでいる野城の背中に声を掛ける。杉江の顔に、もう涙はなかった。

「――誰をですか?」

「大澤以外に誰がいるんだ?」

怒ったような杉江の声に、野城は振り返って笑う。

「追いかけません」

きっぱりと答える。

正確には、追いかけることができない。今の自分に大澤を追いかける資格はない。

大澤も、名前を呼ぶ野城を振り返ることなく去っていった。それが、杉江との関係を知ってしまった大澤の、野城に対する答えだ。

自分を裏切り、忠告すら無視した挙げ句にみすみす他の男に抱かれてしまった野城など、もはや愛する存在ではない。

「今度こそ、本当に終わりです」

不意に涙が零れ落ちた。大澤に殴られた頬に涙が伝い、痺れるような痛みが生まれる。笑いながら泣き続ける野城の頭に、杉江の大きな手が伸びてくる。背中を起こし、野城の肩を抱き寄せる。

「お前、ばかか?」

揶揄するように言って、強く腕の中に抱き込む。

「お前が今こんな目に遭っているのは俺のせいなのに……」

「違います。悪いのは俺です」

「――お前は本当にばかだな」

杉江はただ、野城が泣くための場所を与えてくれたのだ。

これまでのすべてが消えていく。聞こえてくる規則正しい心臓の音が優しい。けれどこの音は、野城が一番欲している男の心臓の音ではない。

でももう二度と、大澤の腕に抱かれて眠ることはない。大澤の心臓の音を聞くこともない。

すべてが終わった。何もかも、終わった。悪いのはすべて自分だ。あれほどまでに愛していると言ってくれた男の言葉を信用できなかった自分に罰が下《くだ》ったのだ。杉江のことはきっかけにすぎない。

頰を涙が伝う。

泣いても泣いても枯《か》れない涙に、涙腺《るいせん》が完全に壊れてしまったのかもしれない。

6

大澤と杉江の喧嘩は、即上層部にも伝わった。

しかしながら当人はもちろん、現場を唯一見ているはずの野城がすべて黙秘《もくひ》したために、当事者の二人は一か月の減俸のみで済んだ。

野城の頬の腫れは二日の間は悲惨な状態だったが、三日目に入ると青痣になり、痛みも引いた。けれど心にぽっかりと空いてしまった穴は、一向に塞がる気配はない。

大澤と杉江の乱闘事件について黙っていたために、野城の頬も、自分自身が転んだためと言い張るしかなかった。

さらに当然のことながらその顔で旅客機を操縦するわけにもいかず、一週間の休みを余儀《よぎ》なくされた。

「まったく、高久くんは大ばかものだ」

大体の状況を把握している江崎は、野城の口の堅《かた》さと強情さに呆れ果て、手に負《お》えないと怒ってしまった。

野城が自宅で休んでいると、松橋が田中と一緒に見舞いにやってきた。

髪を後ろでひとつで束《たば》ねると、綺麗な顎のラインがはっきりと見える。項《うなじ》に落ちる髪が色っぽいのだと、田中はのろけた。それを聞いた松橋はほんの少し照れたように俯いた。

二人は相変わらず幸せそうだ。

「噂に聞くほど、ひどい状態じゃないね」

「もう四日目ですから。二日前は、結構ひどい顔でしたよ」

野城は苦笑交じりに応じるが、松橋は不満そうだった。

「実は、君に謝ろうと思ってきたんです」

ひとしきり笑ったあとで、松橋は真顔で野城に頭を下げてくる。

「なんで松橋さんが謝らなくちゃいけないんですか?」

野城は素朴な疑問を投げる。

「君と杉江の関係を、健吾に教えたのが私だからです」

松橋は恐縮《きょうしゅく》したように正座した膝を両手で掴み、俯いた。野城は松橋をじっと見つめる。

「健吾は健吾で空哉から事前に匂わされていたこともあって、話を総合してみて最終的に結論が出たようです」

「そう、ですか」

野城の瞼の裏には、あのとき見た大澤の傷ついた瞳が、くっきりと残っている。

「私が余計な差《さ》し出口《でぐち》さえしなければ、君がこんな目に遭うことなどありませんでした。もしくは事前に空哉と話ができていればなんとかなったのかもしれないのに……本当に申し訳ありません」

「俺からも謝ります。ごめんなさい」

田中も松橋と一緒に頭を下げてくる。二人で謝る姿は、なんとも微笑ましく、そして羨ましく思えた。二人の間にはきっと、秘密はない。互いに互いがわかっていて、信じ合っている。

「頭を上げてください。別に松橋さんのせいじゃありません。いずれ自分の口から、言わなくちゃいけないことだったんです」

野城は松橋の肩に手をかけて、儚《はかな》い笑みを浮かべた。

「……健吾は心の狭い男ではありません。君のことを、君が思うよりもずっと大切に想っています。それだけは信じてあげてください。君がいなくなってしまったらそれこそ、自暴自棄になってしまうでしょう」

必死に大澤のフォローをしようとする松橋の肩を、田中が優しく叩く。それでやっと、松橋は、野城が今にも泣き出しそうな瞳でいることに気づいた。

野城を思って掛けられる松橋の言葉は、今の野城にとっては苦しいだけのものだった。自分よりも大澤のことを理解しているのは、自分ではない。そして自分は何もわかっていない。それを痛感させられてしまう。

「健吾は見舞いには……」

その問いにも、野城は小さく首を左右に振ることしかできなかった。

大澤とは、あのとき以来、会っていない。そしてきっともう二度と、恋人として会うことはないのだろうと、野城は覚悟していた。

五日目になってやっと、野城は外出する気になった。

江崎の家で療養《りょうよう》しろという申し出を断った手前、できるだけ早く元気になった顔を見せなければならない。

相変わらず過保護な江崎に、申し訳ない気持ちと感謝の気持ちでいっぱいだった。

会社に行けば注目を浴びるのは免れない。でも、それもやむを得ない。

野城はパイロットスーツに身を包み、家を出た。

九月に入ってすぐは気温が下がり風も出てきたが、ここ数日はまた残暑がぶり返し、気温も三〇度近くまで上がっている。

滑走路には強い陽射しが照りつけ、アスファルトの照り返しも眩しい。

野城は日スタ本社ビルの入り口でＩＤカードを見せ、中に入る。そして真っ直ぐに人事部の部長室の扉をノックした。

「江崎部長。失礼いたします」

部屋に入って即頭を下げた野城は、視線の先に見える応接セットに座る客のシルエットに緊張し、体が硬直した。

「す、みません。来客中の札《ふだ》がなかったもので、つい確かめずに入ってしまいました。出直します」

慌てて弁解した野城は言葉を並べ立てるが、顔を上げた瞬間、そこにいる人の顔を確認して、もう一度体が固まった。

「大澤さん……？」

「顔の方はもう大丈夫かね？」

ソファに座る江崎の前には、大澤が座っていた。彼も傷はもう見える場所にはなく、きっちり着込んだ背広姿に、野城の背筋が久しぶりにぞくりと震えた。

「ご、ご心配をおかけしまして申し訳ありません。おかげさまで、来週からは仕事に戻れると思いますので、そのご報告に……」

「そうかそうか。スケジュールについては、担当者に伝えておくから、明日もう一度連絡してみてくれないか。それからこの件だが……」

江崎の手がテーブルにある書類に伸びる前に、大澤がそれを奪っていく。それは先日野城が提出した機種変更の申請書だった。

「野城くんは機種変更をしませんので、その旨《むね》ご了承《りょうしょう》ください」

そしてその場で書類をふたつに破《やぶ》った。

「お、大澤さん、何を勝手に…」

野城は突然の大澤の暴挙《ぼうきょ》に、驚きの声を上げる。

「江崎部長とは話が終わっている。野城くんは黙っていなさい」

大澤は命令口調で野城に言う。

「いやいや、大澤くん。決定権は高久くんにあるわけだから、黙っていろというのは無理な話だろう」

江崎は困ったように応じ、大澤の背中に隠れている野城の顔を覗いてくる。

「今ちょうど大澤くんとも話をしていたところなんだ。実際問題として、人事としては君の機種変更は受理できないという結論になっている。君たちの代すべてが新機種に移行してしまうと、今度はダッシュ四〇〇の人員がいなくなってしまうからね」

「で、も……」

この間の喧嘩に紛《まぎ》れて、野城はすっかり自分の態度を考え直すことを忘れていた。どちらかと言えば、ダッシュ四〇〇に気持ちが戻りかけていたのは事実だ。しかし、大澤を目の前にしてしまうと、堪えられないぐらいに胸が苦しくなる。

「実は、そろそろ君に国際線に移行しないかと話が出ている。君も知っているとおり日スタは今、国際線増強に努《つと》めている。来年早々にはアメリカシカゴ線も就航《しゅうこう》するし、他にも新路線の計画がある。それらを含めて、国際線の副操縦士の需要が増えている。どうだね？」

国際線への移行の話。それはかつての野城であれば、まさに、願ってもいない話だった。

野城にとってパイロットになって第一の夢は、ダッシュ四〇〇で国際線を飛ぶこと。その夢が叶《かな》うのであれば、これほど喜ばしいことはない。けれど今のこの状態では、素直に喜べる話ではない。だから返事に躊躇する。

「江崎部長。野城くんの教育は任せてください。私が責任を持って鍛えます」

ところが即答できない自分に代わって大澤が返事するのを聞いて、江崎はこほんと軽く咳をする。

「大澤くん。私は高久くんを必要以上に甘やかしてしまったので、精神的に鍛えてくれるのはありがたい。でも、できれば体罰は遠慮願いたいね。高久くんは、私が彼の父親である野城機長から預かった、大切な息子さんなんだ」

「それについては、本当に申し訳なく思っています」

その言葉が何を指しているのかわかった大澤は、真顔になって深々と頭を下げた。

「この間のことは、野城くんを大切にしている私にとって、一生の不覚であり、忘れることのできない過ちです。心から反省しているとともに、二度と私がそばにいる限り、野城くんの体に傷をつけるようなことは致《いた》しませんので、お許しください」

まるでプロポーズのような大澤の台詞に、野城はパニックに陥る。

「な、にを言っているんですか、大澤さん。俺のこれは自分で転んだんであって、別に殴られたわけじゃなくて…その」

慌ててフォローしようと思えば思うほど墓穴《ぼけつ》を掘っている。その事実に、野城はまるで気づいていなかった。そんな姿に、江崎は苦笑を漏らす。

「どうやら、高久くんは事情がわかっていないようだね」

「あとで私の方から説明することにして、今日はとりあえず、これで失礼いたします。お忙しいところ、長々お邪魔して申し訳ありませんでした」

「事情って、どういうことですか？」

大澤は一人で騒いでいる野城を抱えるように部長室を出る。

「説明はあとだ」

一言で野城の抗議を封じると、そのまま地下にある駐車場へ向かう。もちろん野城はなんだかんだと大澤に続けざまに質問を浴びせ掛けたがことごとく、無視された。

そしてコンバーチブルタイプのＢＭＷの助手席に押し込まれる。

運転席に座った大澤は、エンジンをかけサイドブレーキを外すと、巧みにクラッチとアクセルを踏み込んだ。

ＢＭＷが公道に入りスムーズに流れに乗ってようやく、野城は再び口を開く。

「一体どういうことなんですか」

「何が」

喧嘩腰の野城の問いに、大澤は短い言葉で返してくる。

「どうして勝手に人の機種変更の申請書を破ったり、国際線移行の話を承諾《しょうだく》したりするんですか？　おまけに江崎さんにとんでもないことを言って……」

「嫌だったのか？」

大澤は野城の問いに逆に尋ねる。

「そんなことはありません」

野城は躊躇しながらも、拗ねた口調で応じる。

「だったらいいじゃないか」

「良くありません。俺はもう、大澤さんとは関係がないんですから」

あやうく言いくるめられそうになりながら、野城はぎりぎりで踏みとどまる。

「どうして」

赤の信号で車を停めた大澤は、野城に真剣な顔を向ける。彫りが深く整った顔立ち。四分の一混ざった外国の血が、大澤の顔をよりセクシーに見せている。

「どうしてって…杉江さんとのこと、知ってますよね？」

「ああ」

「だったら、言わなくてもわかるでしょう。俺は貴方を裏切ったんです。言いつけを守らずに酔っ払って……それでこともあろうに、俺は杉江さんにキスをして、それから……」

「キスをして下肢《かし》を嘗められたんだろう？」

信号が青に変わると同時に、顔を前に向けた大澤は、野城が口籠った行為を口にする。羞恥と嫌悪で瞬間的に頭に血が上り、この場から逃げ出したくなった。

忘れてしまいたい記憶を、どうしてよりにもよって大澤の口から聞かされなくてはいけないのか。裏切った自分に対する罰なのか。自虐《じぎゃく》的な気持で、野城は大澤の言葉に頷く。

「そうです。俺は喜んで自分から杉江さんのものを口に含んで、杉江さんの情熱を飲み干しました。杉江さんも俺のものを嘗めて……それから……」

悔しさと苦しさゆえに震える手で自分の膝を握り締め、あまんじて罰を受けるべくその言葉を反芻する。

「でも――、最後まではしていない」

言葉を飲み込んで俯いた野城に代わって、大澤が続ける。それを聞いて、野城は顔を上げる。

「それは……」

「もちろん、高久が俺のことを好きでいてくれているなら、目を瞑《つむ》るつもりでいた。だが実際に、していないそうだ」

野城はしばし呆然とする。大澤の言葉が、すぐには信じられない。

「どうして……どうして大澤さんがそんなことを……もしそうだったとしても」

「知っているか？」

「――はい」

「この間、杉江から電話があったんだ」

「電話?」

一体、何時《いつ》の話なのか聞こうとするが、大澤はそのあと、黙ってしまう。

話しかけようにも、大澤は声をかけられる雰囲気ではない。

気まずい沈黙のあとでやっと会話が復活したのは、大澤のマンションに辿り着いてから。

ソファに向かい合わせで座り、大澤は杉江からもらった電話の内容について、詳しく語り始めた。

「杉江が喧嘩のことを江崎さんに打ち明けたことに始まる」

大澤は、洋酒の水割りを用意し煙草に火を点けた。野城は煙の行方を見守りながら、大澤の話に耳を傾ける。

「あの夜に杉江から電話があったらしい。喧嘩についてすべて自分が悪い。俺は喧嘩を売られただけで、高久は巻き込まれただけだ、と。そう、江崎さんに言ったそうだ」

自分から懺悔《ざんげ》したという、これまでの杉江からは想像できない行為に、野城は言葉をなくす。

「あのとき高久に色々言われたことで、杉江の胸の中にあったわだかまりの大部分が溶《と》けたらしい。もちろん、俺のすべてを許したわけではないし、即過去の関係に戻ることも無理だが、凝《こ》り固まっていた考えを見詰め直すことができたと言っていた」

大澤と喧嘩したあと涙を流した杉江を思い出して、胸の奥が痛む。

「それで、杉江さんの処分は……」

「江崎さんは杉江と電話で色々と話をして、これまでとは違う様子に気づいたとおっしゃっていた。本来なら降格処分や異動も考えなければならないところ、高久が身をもって庇った事実もあるため、表向きの処分は変えず、喧嘩両成敗《りょうせいばい》で、俺と杉江に対し絶対今回の秘密は明かさないようにと約束させられた」

喧嘩両成敗。江崎らしい結論の出し方だ。

パイロットという職業は、操縦技術以上に人間性を求められる。本来であれば、職場という公《おおやけ》の場所における同僚《どうりょう》との喧嘩という事実だけでも十分、降格処分の理由になるだろうところだ。

「その話のあとで、杉江は高久の話をした。きっかけがなんだったのか。二人の間で何があったのか、すべて教えてくれた。高久が口を割ろうとしなかった部分もすべて」

大澤の口調はこの話に至《いた》ると、厳しいものになり、野城を見つめる視線もきつくなる。

アルコールを水のように飲む大澤の言葉に、野城の心臓が竦みあがる。

「便乗して訪れた関西空港での話を聞いていたときには、腸《はらわた》が煮え繰り返るかと思った」

重々しく語られる声に、野城の気持ちも沈む。

「だが、同時に、自分がこれほどまでに嫉妬深い人間で、どんなに高久に惚れ込んでいるか、再認識させられた。高久が俺以外の人間に甘えてキスをせがんで、その肌に触れさせていると想像するだけで、気が狂いそうだった。泣きながら電話をもらったときも、俺は一人何も知らなかった。高久が苦しんでいるのに、なんの手助けもしてやれなかった。一人蚊屋《かや》の外に放り出される悔しさは、もう二度と味わいたくない」

大澤は早口に、そして乱暴な口調で言い放って、飲み干したグラスをテーブルに置いた。

「大澤さん……」

野城の心の中に、急激に熱いものが込み上げてくる。

愚かで取り返しのつかないことをした自分に、大澤は今も自分のことを想ってくれるという。

「高久が意識をなくしている間に、杉江は色々考えたようだ。最初に本気で高久を抱く気持ちもありながら踏みとどまった最大の理由は眠っている人間を抱いてもつまらないからだったらしい。だがその機会を逃したことで、杉江は二度とお前に触れられなくなってしまったそうだ」

「どうしてですか……？」

野城の問いに、大澤は苦笑する。

「お前のことが、本気で好きになったからだ――と、ふざけたことを抜かした」

野城は驚きに目を見開く。

知らなかった杉江の想いを知ると同時に、自分の罪も思い知る。

「だからこそ、これ以上高久を傷つけたくないそうだ」

杉江の気持ちはともかく、それで自分のしたことがなくなるわけではない。

「でも俺は……大澤さんを裏切りました。貴方の忠告を聞かず勝手に飲んで勝手に酔って…それで、今回のことになったんです。俺は最低なんです。親友だと思っていた男にさえ迫りながら、彼の気持ちにずっと気づかなくて…」

「親友っていうのは、中山のことか？　もしかしてとうとう告白したのか」

大澤の言葉に、野城は小さく頷く。

「ご存知でしたか」

「告白して、どうすると言っていた？　もう友達ではいられないと言ったのか？　それとも他に何か言われたのか」

「何も…過去には好きだった事実があったと教えられただけです。でもあいつは、俺と親友であることを選んだと……」

「だったら、十分じゃないか？　お前はそれで、なぜ自分が最低だと思う必要がある？」

大澤はあっさりと言い放ち、野城の頬を撫でる。

「でも……」

「中山は、親友である道を選んだと言ったんだろう？　過去に好きだったことはあっても、親友として接している。だったら高久があいつの気持ちに気づかなくても当然だ。そしてそれは中山も望んでいたことだ。酒癖についても、自分で覚えていられることではないのだから仕方がない。お前はそれでいいんだ」

「でも……」

　今ひとつ納得できない様子で、自分を見つめる野城に、大澤はさらに話を続ける。

「だが杉江のことは話が別だ」

　強くなる語調に、野城の全身に震えが走り抜ける。

「あいつの話を聞いたとき、高久を怒鳴《どな》りたい衝動に駆られた。どうして俺の忠告を無視したのか。高久の肌に他の男が触れたと思うだけで、いてもたってもいられなかった」

　野城はぐっと息を呑む。大澤の怒りは当然だ。

　そこで大澤は大きく深呼吸する。

「だが冷静に考えれば、俺には杉江を責めることも、高久を責めることもできない。結局俺は、中山とは違って、杉江と同じことをお前にしている。おまけに杉江はぎりぎりで堪えたが、俺はもっとケダモノで、酔ってわけのわからなくなった高久の体を最後まで抱いた。さらにそのあとも自分勝手に抱いてきている…高久を責める前に、俺は自分自身の行為を反省した」

　大澤はグラスをテーブルの上に置き、大きな手で顔を覆い隠す。肩を震わせる姿はまるで、何かに怯える子どものように見える。傲岸不遜でプライドの高い自信満々な男が子どものように感情を露にするのは、自分に関することだけだ。その事実に、野城はようやく気づき始めていた。

「健吾さん……」

「酒を飲むなと言ったことについて、これ以上は何も言わない。俺が色々保護者めいた言葉を言うのを、お前はうるさいと思っているだろう？　でもそれは決して、お前を信用していないからではない。それ以上に自分のものだと独占したいからなんだ。俺はきっと、高久が想像する以上にお前のことを愛しているし、惚れている。もう――骨抜きだ」

掌から顔を覗かせた大澤は、心の底から情熱に溢れた言葉を口にする。

こちらが聞いているだけで恥ずかしくなるような台詞を、大澤は真顔で言ってのける。

大澤は野城を見つめ、肩に恐る恐る手を伸ばしてくる。一瞬体をびくつかせながらも逃げないのを確認し、ゆっくり自分の腕の中に細くて華奢な体を招き入れる。

本当は、すべてを納得したわけでも、自分を許したわけでもない。けれど触れる掌の温もりに泣き出したいほどの切なさと愛しさに駆られる。誘われるままに野城はその中に身を預け、顎を上に向けられて、唇を重ねる。

久しぶりの優しくて甘い口づけに、野城の頭の中が朦朧とする。杉江と交わしたキスとは明らかに違うその甘さに、大澤と触れ合った部分から蕩け出していきそうだった。

どちらからともなく互いの肌を求め合い、身に着けているものを脱いでいく。

パイロットスーツの下に着ていたシャツを脱ぎ肌が露になると、野城の胸の突起に大澤は齧りつき、舌先で転がした。

「健吾さん……」

どこか甘えたような仕種に、野城の脳天が爆発しそうなほどに上り詰めていく。咄嗟に逃げそうになる体を、大澤は強い力で招き寄せる。見つめられる熱い視線に、野城は必死に大澤に抱きつき、男の太い肩口や首に吸いついた。掌で固い筋肉を感じ、細い足を男の腰に巻きつける。

大澤は野城の顔から胸までを丹念に唇で愛撫していく。湿った熱い舌のざらついた感覚に、全身が粟立《あわだ》っていく。びくびく小刻《こきざ》みに震える肌を味わいながら、大澤は愛撫の場所を下半身に移していく。

「あ……」

僅かな気配に思わず声が漏れる。すでに熱くなって立ち上がりかけたその場所に大澤が手を伸ばすと、腰を引いた。

「高久?」

指先の感触に、杉江との行為が蘇る。大澤がなんと言おうとも、自分の体は汚れている。拭いきれない罪悪感に、逃げたくなった。

肌に伸びる大澤の手から逃れ、足を閉じようとする。そんな野城の気持ちなどとうにわかっている大澤は、笑顔のまま首を左右に振った。

「健吾さん、俺は……」

「杉江がどこに触れたのか全部教えろ。その部分はすべて俺が洗い流してやる。高久は汚れてなどいない。高久は綺麗だ。誰に抱かれようと何をしようと、世界中で一番綺麗だ」

「でもっ」

一番辛いのは、大澤の言葉を信じずに裏切ってしまった事実だ。それを告げることができずに俯くと、大澤は頭の上にキスを与える。

唇の触れた場所から、全身に優しさが広がる。

「俺を裏切ったと思うのなら、そんな風に仕向けた俺を恨めばいい。事実、そう思わせたのは俺なのだから」

「違います。それは……」

反論しようとする口が、大きな手で封じられる。

「二度と高久が俺を信じなかったり裏切ったりできないぐらい、お前の頭も体もすべて、俺だけで満たしてやる。だからもう、自分を責めるんじゃない」

「健吾、さん」

「申し訳ないと思うのなら、もっともっと俺のことを愛してくれ。独占してくれ。わがままを言ってくれ」

大澤はありったけの愛の言葉を野城に告げる。痛いほどの想いが伝わってくる。体を強く抱き締めてくれる。

「愛しているよ。高久。本当にお前は、誰よりも綺麗だ。この俺が言うのだから間違いない。

だから顔を上げてキスをしてくれないか」

そう言われても、心の中に生まれた気持ちはすぐには消えてなくならない。たまたま杉江は最後まで自分を抱かなかっただけで、触れられたのも、彼のものに触れたのも事実だ。しかし、野城は大澤の言葉を信じることにした。大澤をこれ以上傷つけないために、彼の言葉のとおりだと思い込む。

それは偽善《ぎぜん》的な考え方かもしれない。今の野城にできる精いっぱいだった。後ろめたさを抱きつつも、大澤を信じる。それこそ、裏切った大澤に対し自分のできる最高の償いになる。

覚悟を決めて顔を上げ、自分を愛しげに見つめている男の唇に深いキスをする。舌を絡め零れる唾液を飲み干し、そして自ら体を開いて大澤の愛撫を待つ。

それだけの行為で、体が内側から熱くなってくる。

「改めて聞く。杉江はどこに触れた？　そしてお前はあいつに、何をした？　辛いかもしれない。だが同じ行為をすることで、すべて忘れよう」

大澤の言葉に促されて、気の遠くなりそうな気持ちの中で野城は口を開く。

「胸に」

「胸か……ここか？」

大澤の舌先が野城の小さな胸の突起をつついてくる。

「ん……っ」

「こっちもか?」

舌全体で、反対側をぎゅっと押しつけられる。悪戯めいた巧みな愛撫に野城の口からひっきりなしに声が溢れる。たっぷり胸を愛撫した口が、やがて下肢へ再び移動しかけるが、野城はそれを制し、逆に自分から大澤の腰の前にしゃがみ込んだ。

熱く硬くなったものにそっと指を伸ばし、恐る恐る舌を伸ばす。猛《たけ》った力強い大澤は、僅かに触れるだけで震えて先走りの液を零す。

「あ……」

「俺がどれだけ高久に惚れているか、わかるだろう」

自分のものを嘗める野城の髪をかきむしりながら、大澤は照れ隠しのように笑ってみせる。その笑顔が、野城の腰の奥を疼かせる。野城はいつも自分を貫き高めていく大澤のものを丹念に根元から嘗めあげる。舌を移動させるごとに、大澤が脈動《みゃくどう》する。自分の行為で感じていると思うだけで、野城も熱くなる。そしていつしか溢れてくる大澤の情熱をすべて飲み干す。

「く……っ」

喉まで達する勢いに軽く咳き込みながら、野城は一滴も逃すことなく、大澤の分身を身の内に取り込む。

涙目で大澤の顔を見つめながら、赤い舌で唇を嘗め回す野城の表情には、いやらしい美しさが溢れていた。

「まったく……」

大澤が小さく嘆息する。

「……よくなかったですか？」

不安になって尋ねる野城の言葉に、大澤はたった今果てながらその部分に血が集まっていくのを自覚して、愛しい者の頭を強く抱き締める。

「少しは自覚しろ……酔ったときの高久は、もう凶悪なほど艶っぽくて可愛いんだ」

「そんな……」

「冗談だと思ったら間違いだ。どんな男だろうとも、あんな顔で迫られたら我慢できないだろう」

大澤は苦笑する。

「中山には頭が下がる、本当に。あいつはいい奴だよ、高久。お前のことを、大切に思ってる。俺の高久に対する気持ちも、中山と江崎さんには負けるかもしれない」

その二人が野城に対して抱いている気持ちは、恋愛感情ではない。

江崎の野城に対する愛情は、父親の子に対するものだ。

しかしそんな二人に対しても嫉妬しているように苦笑を漏らす大澤は、野城の顔にキスの雨を降らしていく。唇にそれが達したところで、野城は軽く顔を背《そむ》ける。

「どうした。キスしたくないのか？」

「いえ。ただ、今……」

大澤のものを飲んでしまったことを暗《あん》に言っている野城の頬を撫でて、大澤は笑う。

「何を今さら。これまでに何度も同じことをしてきたじゃないか。それから、これははっきり言っておく。もう何があろうと、俺の前から姿を消そうなんて思わないでくれ。俺のためを思うなら余計に、いや、絶対に」

強い言葉で言われても、野城はすぐに頷けない。

「でも、俺とつき合うことで、健吾さんの将来に影響があるなら……」

「まだそんなことを言うのか？」

大澤は野城の頭をくしゃりと撫でる。

「はっきり言っておく。高久とつき合うことで影響の出る将来なんて、俺にとっては不要な将来だ。だいたい、最初に高久を抱いたのは俺だ。そのぐらいで俺の将来が崩れるわけがないだろう」

当たり前のように言ってのける大澤は、まだ不安そうな目を見せる野城の瞼を指ですっと撫でた。

「健吾さん……」

「高久のいない人生など、俺の人生じゃない。高久がいなくて、俺が幸せになれるわけがない」

大きな目を見据えて宣言されて野城の胸が熱くなる。両腕を伸ばし、しっかりと大澤の首に巻きつけた。

これまでに何度も、大澤の気持ちを聞いている。

高久だけだ。他には誰もいない。はっきりそう言ってくれている。

それにもかかわらず大澤の気持ちを疑ってしまった。

幸せだからこそ辿り着いてしまう、不安だったのかもしれない。相手を強く想えば想うほど、不安は大きくなり、不安は自信を失わせるものなのかもしれない。

自分は、大澤という人間に、本当に愛されるほどの存在なのか。

本当に愛されているのか、と。

愛情と不安は、比例してしまうのかもしれない。

自分で自分を分析しながら、野城は大澤と深い深い口づけを交わしていく。舌を絡め溢れ出す唾液をすべて飲み干す。素面の頭でする大澤とのキスを、二度と他の誰かと間違えないために、しっかりと覚える。

上顎と下顎を交互に刺激されていると、それだけでむず痒い感覚が生まれる。

「健吾さん……」

大澤は野城の体を横たわらせると、そっと足の間に手を伸ばしてくる。

まだ固く窄《すぼ》まった場所を突かれる久しぶりの感覚に、野城の体は熱く高まる。

「ん……っ」

堪えられずに甘い声を上げる野城の唇に、大澤は啄むキスをくれる。そのキスの合間に、大澤の指が中心にゆっくり埋まっていく。きゅっと収縮するその中で、大澤は中を確認するようにぐるりと指を回した。

「や、め……っ」

敏感に反応する野城の姿を見ながら、大澤は小さくため息をついた。

「本当に他の男には気をつけろ。特に、杉江には」

甘く耳朶を噛み指で内壁を愛撫しながら、大澤は野城に語り掛けてくる。

「……杉江さんはもう、わかってくれた、じゃない、んですか?」

「とんでもない」

絶え絶えの息の中、野城は疑問を口にする。杉江はわかってくれたからこそ、大澤に、野城を抱いていない事実を明かしたのではないか。大澤は野城の言葉に対し首を左右に振った。

「あいつが江崎さんに電話をして喧嘩のことを白状したのも、俺に高久との関係の本当の部分を明らかにしたのもすべて、高久のためだ」

「……どういう、ことですか?」

「お前のせいだ」

大澤はむっとしたように野城の顔を睨み、不貞腐《ふてくさ》れたような口調になる。

「俺のせいって……あああ…っ」

指を抜かれると同時に、大澤のものが一気に侵入してくる。

瞬間の衝撃に、野城はそのままあえなく一度目の頂上を迎えてしまう。短い嬌声《きょうせい》とともに大澤の手の中に射精した野城は、全身を小さく震わせて自分の中にいるものを強く締めつける。

「早すぎないか?」

揶揄するような言葉に、野城は情欲に濡れた目を大澤に向ける。

「あいつは、本気で高久に惚れたらしい」

大澤は達したばかりの野城のものを優しく手の中で愛撫しながら、怒りに任せた口調でそれを口にする。杉江の言葉を思い出すだけで、大澤はどうしようもなく腹立たしい気持ちになってしまうようだ。

『悔しいが、お前には言っておく』

大澤に電話をしてきたときの杉江は、淡々とした口調だった。

『俺は本気で高久に惚れた。結果としてお前を守るためだったとしても、俺の代わりにお前に殴られた姿に、俺は完全にノックアウトされた。もちろん、セックスのときの積極的な姿は言うまでもないがな。あとで文句を言われるのも嫌だから、先に宣言をしておく。ちなみに鎖骨にある火傷は、俺がつけた、簡単には消えない所有の印だから』

杉江はそんな言葉をつけたして、電話を切ったのだ。あの兄妹は、大澤が想像する以上に強引で、バイタリティーに溢れている。心の中で大澤はぎりぎり苦虫《にがむし》を嚙み潰す。

「そんな、冗談に決まってます」

だが野城はそんな大澤の気持ちなど知らず、苦笑する。

「そういえば、飛鳥さんのことはどうなってるんですか？」

どさくさ紛れで、大澤に積極的にモーションを掛けている杉江飛鳥のことを、野城も大澤とほぼ同時に思い出していた。

「飛鳥のことがどうしてここで出てくる？」

「国際電話をくださったとき、に、すぐ後ろにいましたよね、彼女」

野城が拗ねたような口調で言うのを聞くと、大澤は話を逸らすように不意にそれまで止めていた動きをまた再開し、下方から強く突き上げていく。

「あ……っ。誤魔化さないで、くだ、さい……。俺は…真実を、知りたい、ん、です……」

一気に込み上げる快感に、野城の意識が霧散《むさん》していく。

「真実って、なんだっ」

大澤の声からも、冷静さが少しずつ失われる。

「交際を申し込まれた相手を断るとき、健吾、さんとの関係を、仄めかしたって聞きましたけれど……おま、けに、ティファニーに一緒に行ってる、みたいだ、し」

切れ切れになりながら野城はなんとか言葉を続けようとするが、もはやまともに会話になっていなかった。

「うるさい。そんな話は、後だ」

繋がった状態でややこしい話を続けていた二人は、やがて堪えられなくなって言葉を切った。

大澤は動き始めると微かに痛みを訴えるように眉を顰める野城の気を逸らすべく、首筋に唇を当て、胸を撫でる。そして鎖骨に舌を伸ばしたとき、そこに残る小さな火傷に気づく。まさしく杉江の言っていた火傷の痕に、大澤は堪えられずに強く歯を立てた。

「痛……っ」

野城が抗議の声を上げる。大澤は謝る代わりにキスを与え、萎えている野城の下半身への愛撫を再開する。

大きな手で震える熱を包み込み、指全体で力を加えていく。

「駄目、です。健吾、さん……っ」

既《すで》に高まっていた体は、僅かな動きですぐに頂上へ辿り着いてしまう。腰を大きく弾ませ、全身に広がる快感をやり過ごす。

「……っ」

荒い呼吸を繰り返しながら、大澤は一度野城から離れる。そして渇いた喉を潤すようにウィスキーを手にすると、そのままボトルに口をつけた。

「……俺にも」

野城は掠れた声で訴える。

「俺にもください」

野城はしなやかな腕を大澤に伸ばし、濡れた唇に自分の唇を重ねる。そして口の中に残るアルコールを舌で嘗め取っていく。微かなアルコールの匂いが野城の全身に染み渡り、一度果てた体もすぐに熱く燃え上がっていく。

「高久……愛している」

大澤は再び深く貪るように野城の唇に口づけをしながら、細い体を抱き上げて寝室へ移動する。そしてベッドに下ろすと、ゆっくりその上に重なっていく。

「健吾さん、俺も……愛しています」

甘い告白を繰り返しながら、お互いの体に触れ合う。

一度の繋がりではとうてい物足りず、これまでの擦《す》れ違いを埋めるかのように、繰り返し体を重ねる。

ベッドの上で絡み合いもつれ合い、激しく相手の体を貪り、何度も高みへと上り詰めていく。

大澤を含んだ場所は熱く熟れ、さらなる快感を生む。一緒に訪れる極みは常に、優しさに満ちている。自分に挑《いど》んでくる男を招くように野城は大きく足を左右に開き、大澤と溶けてひとつになりたいと思う。

「高久、高久……」

深く深く己を野城の身の内に埋め、抉っていく。

大澤にもたらされる浮揚の先には、何が待っているのか。長い長い滑走路を走り、二人だけの愛の旅へと飛び立つ。

愛し合っている限り続く、永遠の旅だ。

野城の夢は、遥か海外へと広がる遠い空へとはばたいていく。そこに大きく翼を広げるのは、一人ではない。自分のそばには、優しく自分を見つめる大澤の笑顔がある。

しっかりと手を握り締め、寄り添った自分達の前に広がっているのは、どこまでも続く、青い空だ。


「大澤さん、お荷物です」

深く大澤と愛し合った日の夕方、荷物が届いた。

野城は、荷物を受け取った大澤の横から荷物を覗き込んだ。

送り主は杉江空哉、宛て先は、「大澤健吾様方　野城高久様」となっている。

「どういうことでしょう」

「あいつ流の嫌がらせに決まっている。こんな物、気にすることはない。下手したら爆弾が入っているかもしれないから、このまま捨てよう」

大澤は真顔で言って、すぐに捨てようとする。

「ちょっと、待ってください。本当に爆弾だったら、部屋のゴミ箱になんて捨てたら大変なことになります。とりあえず中を開けてみましょう」

大澤に渡したら、本当に捨てかねない。杉江が自分に何を送ってきたか、中身を確認したかった。野城はなんとか荷物を死守し、開封する。

クッション材の中から現れたのは、スパイシーな香りのする小さな瓶《びん》だった。

「ヴォル・ド・ニュイじゃないか。どうしてこんな香水を、杉江が高久に贈ってくる?」

わけのわからない様子の大澤の言葉に、野城は反応する。

「この香水の名前、なんと言いましたか?」

「ヴォル・ド・ニュイ。フランス語で『夜間飛行』の意味だ。知らないのか? サン・テグジュペリの……」

「…わかりました」

片隅《かたすみ》にある記憶が、ゆっくりと封印を解いて蘇ってくる。杉江と共に初めて飲んだカクテルがその名前だった。添えられたカードには、気障なメッセージが残っている。

『あの日の夜の思い出に　杉江空哉』

大澤から当初杉江が自分に本気になっている話を聞いたときには、まるで信憑性がなかったが、このプレゼントを見てようやくそれを実感する。もちろん半分以上、大澤へのいやがらせだとは思うが。

「杉江さん……」

野城は思わず肩を竦めて笑うが、大澤は怪訝《けげん》そうに恋人の顔を見つめている。

「なんだ。その香水に、いったいどんな意味があるんだ?」

むっとした大澤に、何をどこまで説明して良いのやら、野城は複雑な気持ちで、小さな香水の瓶を手に載せる。

甘くてスパイシーで、どことなく大人の香りがする『夜間飛行』。蓋を開けて広がる香りに、野城は目を閉じてみた。瞼の裏に広がる夜空に浮かぶのは、自分と、そして、大澤の姿だ。

ロマンティックな香りに、野城は小さく笑って、杉江との関西空港の夜の会話を大澤に話す。

大澤は露骨に眉間に皺を刻み、野城の手からその瓶を奪い、代わりに小さなブルーのリボンがついた箱を乗せた。やけに見覚えのあるその箱に、野城は思わず目を剝《む》いて大澤の顔を見つめた。

「これ……」

「この間、ティファニーに行った理由だ」

大澤は憮然《ぶぜん》と言い放つ。

「気に入らなかったら捨ててくれてもいい」

大澤はそのまま野城に背中を向けて隣の部屋に行ってしまう。

大澤の態度に混乱しながらも、野城はリボンを解き箱を開け、そして絶句する。

ジュエリーボックスには、細い銀のリングが二つ入っていた。添えられたメッセージには、こう書かれていた。

『Lovin' you』

野城は手の中のリングと、隣りの部屋で野城に背中を向けて座る大澤の背中を見比べながら、困惑しつつも幸せな気持ちになっていた。

彼はいったい今、どんな表情をしているのだろうか。気に入らなかったら捨ててくれと言った。いつもは自信満々な彼の、少しだけ不安そうな言葉がなんとも愛しい。

どんな気持ちで、これを買ったのだろうか。この指輪にどんな意味があるのか。自分が、もう大澤との関係が終わりかもしれないと不安でいっぱいだった時期にこれを買ったに違いない。大澤は、野城の不安を知っていて、その不安を打ち消すための最良の方法として、この指輪を探したのだろう。

「大澤さん……」

溢れてくる想いのままに名前を呼ぶが、大澤は気づいてくれない。だから野城は隣の部屋にまで走り、座っている大澤の背中に後ろから抱きついた。

「高久……」

頬を微かに赤く染めた大澤は、背後から自分に抱きついてきた野城の顔を振り返る。驚きの表情を見せるその大澤の頬に、野城はそっと唇を当てて耳元で囁く。

「Lovin' you too」

――精いっぱいの、愛の言葉を。

fin

キスの雨

甘いキスを繰り返しているうちに、野城高久《やしろたかひさ》の頭の中は次第に真っ白になっていく。

肌に触れる掌《てのひら》の熱さと、繊細な指の動きは、それだけで野城を十分に天国に導くだけの巧《たく》みさがある。体に降り注ぐ愛撫とキスの雨に身を委《ゆだ》ね、目を閉じれば、すぐに体が浮揚《ふよう》する。

両手を甘えるようにして相手の首に回し、自分からさらなるキスを求めた。軽く啄《ついば》むキスで、上下の唇を交互に食《は》む。

キスと一言で言っても、色々な種類があることを大澤健吾《おおさわけんご》から教えてもらった。

唇を軽く触れ合わせるだけのキス。そのキスを啄むように繰り返すキス。唇を噛《か》むキス。吸い上げるキス、深く押しつけるキス。唇を開き、互いの舌を絡《から》ませる、濃厚なキス——など。

さらにバリエーションは広がっていく。挨拶のキスから戯《たわむ》れのキスに、情事のためのキスなど、そのときどきで巧みに変化するキスに導かれ、初心者だった野城も腕を上げていた。

自分が感じるのと同じだけ、大澤にも感じてもらいたい。教わったように舌を絡め、相手の舌を吸った瞬間、ふと「違う」キスが唇に蘇ってくる。

「昨日は最高だったよ。高久」

蘇る声に全身が総毛立ち、瞬時にして意識が覚醒する。

「……っ！」

「どうした？」

その場に起き上がった野城に気づいて、隣で眠っていた大澤が目を覚ます。額に手をやり滲《にじ》む汗を拭《ぬぐ》う手に、優しくて大きな手が伸びてくる。気遣《きづか》うような慈《いつく》しみに満ちた指先から伝わる優しさに、野城はほっと安堵《あんど》の息を漏《も》らす。

そしてベッドのそばにあるテーブルに置かれた小さな香水のボトルを見て納得する。昨夜うっかり、口が開いたままのボトルを倒してしまい、室内に香りが残っていたのだ。最初、あの香りを嗅《か》いだときに思い出したのは、夜の空を飛ぶ自分と大澤の姿だった。だがこの香りとともに夢に蘇ったのは、プレゼントしてきた主――杉江空哉《すぎえくうや》の顔だった。

「……なんでもありません」

「なんでもないことはないだろう？　そんな真っ青な顔をしているくせに」

大澤は自分も起き上がると、野城の細い肩に横からそっと腕を回してくる。熱い情事のあと、シャワーを浴びたものの、強烈な睡魔が押し寄せてきたことで、下着を着け、さらにパジャマのズボンを穿《は》くだけで精一杯だった。大澤は鎖骨《さこつ》の窪《くぼ》みを指の先で軽く撫《な》でながら、野城の顔をそっと覗《のぞ》き込んでくる。

「この俺に隠し事ができると思っているのか？」

野城を宥《なだ》めるべく動いていた指が、その瞬間に悪戯《いたずら》な動きに変わる。指の腹だけでなく、爪の先を使い、緩急《かんきゅう》を混ぜながら肌を刺激してくる。それにより一旦潜《ひそ》んだはずの情欲が、再び目覚め始める。

「大澤さん……」

呼ばれた大澤は僅《わず》かに眉を寄せ、不意に野城の肩口に歯を押し当ててきた。微《かす》かに歯先が皮膚に刺さる感覚に、痛みよりも先に快楽が生まれる。下肢《かし》の間にあるものが痛いほどに疼《うず》き、思わず膝《ひざ》を寄せてしまう。そんな些細《ささい》な反応も、大澤は見逃しはしない。

すぐにズボンの上から反応した場所に手を置いて、しっかりと掌の中に包み込む。

「健吾、だろう？　高久」

指をきゅっと動かすだけで、野城の下肢はびくりと反応を返す。引き結んだ唇からこぼれ落ちる甘い吐息にくすりと笑いを浮かべ、大澤はさらに焦《じ》れったいような刺激を続ける。

「俺は名前で呼んでいるのに、お前はすぐに忘れてしまうようだ」

拗《す》ねた口調で文句を言う大澤の手の動きが、大胆で激しくなる。

「ごめんなさい、健吾さん……」

じわじわ下肢からせり上がってくる快感を、野城はなんとか堪《こら》えようと、大澤の手を押さえようとした。が、そのぐらいで愛撫の手を休めようとはしない。かえって強くなる刺激に、野城は身を竦《すく》めた。

「健吾さん……だ、め、です……そんなにしたら……また……」

「また？」

先にどんな言葉が続くかわかっていて、わざと視線で問いかけてくる。これまでの野城なら、その熱い視線にあっさり心を解放し、大澤の愛撫を受け入れるところだ。でも今日は素直になれなかった。

「……意地悪をしないでください」

全身に広がる快感をぎりぎりのところで堪え、大澤の手からなんとか逃れようとする。

「どうした、高久。昨夜はあれほどまで、体で熱く語り明かしたというのに」

悪戯っぽく笑いながら、大澤の舌が野城の耳殻《じかく》を探ってくる。鼓膜を揺らす吐息に泣き出したい衝動に駆られても、野城は理性を手放しはしなかった。

声を上げるのも、できるかぎり堪えるつもりでいた。全身を震わせ紅潮させ、涙目になっても、決意だけは固かった。

その様子に折れたのは大澤の方だった。つと愛撫した手を止め、その手で野城の細い顎《あご》を摑《つか》んでくる。

「杉江とのことを思い出しているのか？」

「……っ」

なんの前振りもない核心をつく問いに、野城はただただ絶句するしかなかった。表情を繕《つくろ》えるわけもなければ、咄嗟《とっさ》に言い訳することなど、できるはずもなかった。

それでもなんとか笑おうとした。そんなことはないと否定しようと——だが、目論見《もくろみ》は失敗した。

ひきつった頰が震え、視界が潤《うる》む。

大澤はすべてを知った上で、野城を許し、受け入れてくれた。野城に向かって口にしてくれた言葉に、嘘はない。そうとわかっていても、野城自身にはいまだ完全には拭いきれない後ろめたさが、心の奥深くに澱《おり》として渦巻いていた。

自分が酒に弱いこと、杉江のことを大澤が忠告していたにもかかわらず、どこかで高《たか》をくっていた事実は否定できない。

もちろん大澤を裏切るつもりは毛頭《もうとう》なかった。だからといって、自分がしたことは、結果的に大澤を裏切ったに等しい。

いつかまた、同じ過《あやま》ちを繰り返すのではないか。大澤を愛している。大澤のことを信用している。だが、自分自身が信用できない。

そんな心を察したように、大澤の手が野城の左手の薬指に嵌《はま》っていた指輪に触れてくる。

杉江のプレゼントが届いた直後、大澤自ら野城にプレゼントしてくれたものだ。

愛の言葉が刻《きざ》まれたその指輪は今、野城と同じ物が、大澤の左手の薬指にも嵌っていた。

気持ちだけでなくはっきりと目に見える形で、大澤は彼の気持ちを表わしてくれた。

「何度も言っただろう」

大澤は野城の薬指に軽く口づけながら優しく囁《ささや》く。情欲を掻《か》きたてるのではなく、ささくれだった心を宥めるようなキスだ。

「杉江のことは、お前のせいじゃない。すべてあの男のせいだ」

「でも……」

「もちろん、高久にまるで非がないとは言わない」

野城は一瞬息を呑《の》む。自覚はあっても、大澤の口から言われるのとでは、意味合いがまるで違う。

「すみません……」

罪悪感に駆られ野城が身を竦めたことに気づき、大澤は苦笑を漏らす。

「謝ることはない。それは高久自身の責任によるものではないのだから」

言われていることの意味がわからない。大澤は蕩《とろ》けそうに優しい瞳を向けている。

「お前のその美しさが、罪だ」

「………っ」

予想もしなかった言葉に、瞠目《どうもく》した。大澤はそんな表情では満足できないというように、さらに続ける。

「美しさだけではない。この唇のホクロに、潤み、ときに人を誘うように思える上目遣いの瞳。そして、甘い声、しっとりと掌に吸いつくような肌に、淫《みだ》らなキス――一度酒が入ると普段の澄ました顔から一変する。そんな野城高久という男を一度知ってしまったら、もう二度と逃れられない。まるで麻薬のようだ」

うっとりと綴《つづ》られる台詞が、野城の上を通り過ぎていく。自分を褒《ほ》め称《たた》える言葉なのだろうが、野城自身にはまったく実感がない。

「酒が入ったら豹変《ひょうへん》するなんて、要するにタチの悪い酔っ払いです」

自虐的に言って視線を落とすが、すぐに顔を上向きにされる。

「——後悔しているのか？　俺とのことを」

真顔で問われ、野城は咄嗟に首を左右に振る。

「そんなことはありません」

「俺とお前の関係も酒の席から始まっている」

「……確かにそうです。でも、俺と健吾さんの間には、他の人の入ることのできない確かな絆《きずな》がありました」

誰も間に入ることのできない、断ち切ることのできない絆だ。野城にとって、そして大澤にとっても辛《つら》い思い出だが、その思い出こそが二人を固い絆で結びつけている。

「俺は高久を愛している。そして高久、お前も俺を愛している——そうだろう？」

子どもに言い聞かせるような優しい問いかけに、野城が躊躇《ためら》いつつも頷きで応じると、大澤は目を細めた。

「いい子だ」

閉じた瞼《まぶた》にキスが降ってくる。頬を撫でていた掌が顎を辿《たど》り、肩へ下がり……そして体のラインを辿るように再び下肢へ辿り着く。

「だから何も心配することはない。お前は俺をただ信じていればいい」

言い聞かせるというよりは丸め込むような台詞《せりふ》に、野城は小さく頷《うなず》く。

頭のどこかで、それでいいのかと問う自分がいた。けれど今この瞬間は、その言葉に縋《すが》りたい自分の方が強かった。

誰が何を言おうと自分の罪は消えてなくならない。それを自分でわかっているからこそ、大澤には大丈夫だと言ってもらいたかった。

大澤自身は決して無理矢理に、野城を肯定しているわけではない。先ほどの言葉も、本心からだ。

その心を嬉しいと思うと同時に、ほんの少しだけ不安を覚える。果たして自分は、盲目的に愛されるだけの存在なのだろうか——と。愛され、慈しまれ、包まれるだけでいいのだろうか。

「高久……」

しかしその不安も、強くなる愛撫に消し去られてしまう。体を開かされ、着ている物を剝《は》ぎ取られ、愛撫され硬《かた》くなった欲望を露《あらわ》にされる。

大澤は膝を大きく左右に開き、中心で疼く野城自身に躊躇《ちゅうちょ》なしに口づけてくる。

「あ……っ」

温かい口腔《こうこう》に包まれ、感じやすいそこはすぐに大きく震えた。

「素敵だ、高久……もっともっとその可愛い声を聞かせてくれ」

喋《しゃべ》るたびに伝わる振動に、野城はそれまで堪えていた分、激しく腰を揺らす。濡れ、乱れ、浅ましく大澤を求めながら、野城は何度目かわからなくなったキスを求めながら、ゆっくり快楽の海へと呑み込まれていった。

あとがき

キスランシリーズ第二弾、「ラブ　フライング」をお届けいたします。

主人公は前回同様、野城高久と大澤健吾です。

全体を大幅に加筆修正した上で、書き下ろしをしました。

八月に「キス　ランディング」が発行されたあと、予想以上にたくさんの方からの感想やコメントをいただきました。

前回の本をご存知で、さらにまた新しくご購入くださった方、ご存知なくて新たに手に取ってくださった方と、様々な感想をいただけて、とても嬉しかったです。

私自身、思い入れのある作品なので、実際に本屋さんの店頭に並ぶまで、そして並んでからもずっと不安でした。けれどこうしてたくさんのお声をいただき、もう一度こういった形で発行していただけたことに、心から感謝しています。


今回出して頂くシリーズは、パイロットである野城と大澤が主役ですが、管制官である松橋祐の話も、別に書かせて頂いていました。

同人誌では、整備士の菊田明の話をちょこっとだけ書いてみたり……ディスパッチャーの菅谷の話なども、当時は密かに考えておりました。

またいつか、松橋の話だけでなく、他の航空関係者の人たちのお話を書く機会があれば……と、思っております。

挿絵をご担当くださいました、タカツキノボル様。大変にお忙しい中、いつも本当にありがとうございます。

男らしい魅力に溢れた大澤に、凛々しく艶のある野城をありがとうございます。密かに江崎がとてもツボでした。

そして前回のあとがきのあまりの可愛らしさに、笑ってしまいました。今回もどんなあとがきを描いてくださるか楽しみにしています。

担当の長谷川様。今回も大変な中、本当にありがとうございました。マラソンもそろそろゴールが見えてきたような気がします。なんとか頑張りますので、よろしくお願いします。

この本をお手に取ってくださいました皆様。空を翔る男たちのお話を楽しんで頂けましたでしょうか。真剣に仕事をする彼らの姿を少しでも感じてもらえたら、嬉しいです。

最後にお知らせを。

八月発刊の「キス　ランディング」より、十二月発刊予定の「ヘヴンズ　アプローチ」まで、小冊子プレゼント企画が行われています。早い方はこの号から応募が可能となっております。楽しんで頂ける内容にしたいと担当氏と相談しておりますので、ふるってご応募くださいませ。お待ちしております。

それではまた来月、お会いできますように。

冷房の壊れた灼熱の夜に　ふゆの仁子　拝

今回は杉江さんが絡んできてゴタゴタです。
杉江さん意外と良い人でした(笑)

タカツキノボル

仲良くてるてる坊主でも作りましょうよ!
ムキー

ダリア文庫5ヶ月連続リリース記念!!

応募者全員サービス

ふゆの仁子書き下ろし小冊子

Color of Jinko Fuyuno

8月から5ヶ月連続で発売されるふゆの先生の新刊5冊と11月発売のドラマCD「不夜城のダンディズム」のうち3タイトル分の応募券で応募できます♡ここでしか読めない20Pの書き下ろし番外編&インタビューに加え、キャラクターランキングなど読みどころ満載です！

対象商品

ダリア文庫…

「キス ランディング」 ill.タカツキノボル

「欲望という名の愛」 ill.蓮川 愛

「ラブ フライング」 ill.タカツキノボル

「もし恋でなかったとしても」（11月13日頃発売予定） ill.あさとえいり

「ヘヴンズ アプローチ」（12月13日頃発売予定） ill.タカツキノボル

ドラマCD…

「不夜城のダンディズム」（11月22日発売予定） ill.やまねあやの

応募の決まり

❶応募用紙を完成させて下さい。

対象商品の帯の折り返し表にある応募券（コピー不可）を3タイトル分切り取って下さい。それを左ページにある「申し込みカード」（コピー可）に貼って下さい。さらに「申し込みカード」と「住所カード」（コピー可）を切り取り、必要事項を黒または青のボールペンではっきりと書き込んで下さい。鉛筆書きは不可とさせていただきます。

※郵便事故などを防ぐため、住所・氏名は正確にお書き下さい。

❷600円分の無記名定額小為替を用意して下さい。

※郵便局に行って定額小為替を購入したら、何も記入しないで下さい。※小冊子1冊につき600円分の無記名定額小為替が必要です。また、小為替は発行日（購入日）から1ヶ月以内のものをお送り下さい。※現金・切手・収入印紙など小為替以外での応募は無効となります。 ※小為替は購入時に手数料が1枚につき10円かかります。

❸ ❶❷で用意した「応募用紙」と「600円分の無記名定額小為替」を封筒に入れ、80円切手と「宛名カード」を貼って投函して下さい。

※封筒の裏にもあなたの郵便番号・住所・氏名を必ずお書き下さい。 ※小為替は折り曲げず、透けないように紙などにくるんで封筒に入れて下さい。

締め切り

2007年1月12日（金）当日消印有効

発送予定：2007年3月上旬

※応募は封筒1通につき小冊子1冊です。 ※600円以上の金額が入っていても、差額はお返しできません。 ※返信用切手や封筒は不要です。 ※小為替の受領書は、商品がお手元に届くまで大切に保管して下さい。 ※発送は2007年の3月上旬を予定しています。応募状況によっては、発送が遅れることがありますのでご了承下さい。 ※記入漏れや小為替の金額が足りない場合、商品をお送りすることは出来ません。 ※商品の発送は日本国内に限らせて頂きます。 ※ご記入いただいた個人情報は、商品発送の目的以外での利用は致しません。

応募用紙

※ここには何も記入しないで下さい。

小冊子(1冊):600円
◆申し込みカード◆

ここに応募券を貼って下さい

ここに応募券を貼って下さい

ここに応募券を貼って下さい

〒□□□-□□□□
ご住所　都道府県

電話
(　　　)　　-

お名前《フリガナ》　様

小冊子申し込みカード（コピー可）

キャラ投票

●ダリアから刊行されているふゆの先生の作品のなかで一番好きなキャラクターを教えて下さい！

攻　作品名　キャラ名　理由

受　作品名　キャラ名　理由

ありがとうございました♡

--- ✂キリトリ ---

〒□□□-□□□□
ご住所　都道府県

お名前《フリガナ》　様

住所カード（コピー可）

--- ✂キリトリ ---

〒173-0021
東京都板橋区弥生町78-3
(株)フロンティアワークス
「ふゆの仁子小冊子応募者全員サービス」係

宛名カード

連れていってください、
天国に

シリーズ1冊目！

キスランディング
Kiss Landing

航空会社で副操縦士として働く野城高久は、幼い頃に父親を亡くしてから他人に強い関心を持てなくなった。以来27歳の今まで誰とも付き合った事がない。そこに34歳の天才パイロット・大澤健吾が引き抜かれてきた。大澤の歓迎会に野城も参加するが、酔うとガードが緩くなる野城は、大澤の濃厚なキスと煽る言葉に誘われ、自分から抱かれてしまう……！　書き下ろし付きで登場！

DB ダリア文庫

上質で誰もが魅了されざるをえない美貌を持つ新宿歌舞伎町のナンバーワンホスト・佐加井崇宏にホストとしての教育を受けることになった奥山瑞樹は佐加井に憧れ、少しでも追いつこうと努力するが……。夜が香るゴージャス・ラブロマンス！

✱ 大好評発売中 ✱

ダリア文庫をお買い上げいただきましてありがとうございます。
この本を読んでのご意見・ご感想・ファンレターをお待ちしております。

〈あて先〉
〒173-0021　東京都板橋区弥生町78-3
(株)フロンティアワークス　ダリア編集部
感想係、または「ふゆの仁子先生」「タカツキノボル先生」係

❋初出一覧❋

ラブ フライング……ビーボーイノベルズ
ミッドナイト ラブ フライングを加筆・修正
キスの雨……………書き下ろし

ラブ フライング

2006年10月20日　第一刷発行

著者　ふゆの仁子

発行者　藤井春彦

発行所　株式会社フロンティアワークス
〒173-0021　東京都板橋区弥生町78-3
営業　TEL 03-3972-0346　FAX 03-3972-0344
編集　TEL 03-3972-0333

印刷所　大日本印刷株式会社